서울에 있는
나의 섬

학 소 도 鶴巢島

지은이 **최범석** 崔凡石

서울 인왕산 자락에서 태어났다.
미국 버클리대학(UC Berkeley)에서 국제정치학, 경제학, 독문학을 공부하고,
서울대학교와 미국 하버드대학(Harvard)에서 각각 석사 학위를 받았다.
미국, 독일, 프랑스, 스위스, 중국 등지에서 거주했으며, 현재는 서울에 있는
자신이 태어난 집 '학소도'에서 글을 쓰며 살고 있다.

서울에 있는 나의 섬, 학소도

2023년 8월 17일 초판 1쇄 인쇄
2023년 9월 01일 초판 1쇄 발행

지은이 | 최범석
펴낸곳 | 지도없는여행

편집 | 지도없는여행
디자인 | 지도없는여행 디자인

신고 | 2023년 3월 16일 (제2023-000020호)
주소 | 서울특별시 서대문구 세무서10길 31-19 (우 03625)
전화 | 010-7200-1537

이메일 | jwmapspub@gmail.com
카카오채널 | '지도없는여행 도서출판'

ISBN: 979-11-984035-1-3 03810

사용 글꼴 | 예산시 추처사랑체B /서울시 서울한강체EB / 가비아 납작블럭체

서울에 있는
나의 섬

학 소 도 鶴巢島

글·사진 최범석

차 례

프롤로그

모든 길은 고향으로

해
바
라
기

여기, 서울 도심 인왕산 자락의 한 낡은 집에 관한 이야기가 있다. 젊은 미혼 남자의 귀향 이야기이자, 그와 함께 사는 나무와 꽃과 동물 들에 대한 이야기다. 집의 추억을 공유하는 사람들에 관한 이야기이기도 하다. 도시에서 태어나 도시에서 성장한, 자유와 여행과 자연을 사랑하는 평범한 남자가 살아가는 과정의 기록이다.

우리는 종종 언론을 통해 한국에서 혹은 세계에서 가장 비싼 집, 가장 큰 집, 가장 아름다운 집 들을 접한다. 집의 엄청난 가격에 놀라고, 사진이나 동영상을 통해 그 집의 화려한 인테리어와 수영장 같은 다양한 편의시설, 전문적으로 설계되고 다듬어진 정원을 보면서 감탄한다. 텔레비전 광고에 나오는 아파트는 하나같이 다 고급스럽고 함께 출연하는 모델만큼 멋지다.

이 책에 나오는 학소도 이야기는 이런 화려하고 멋진 집과는 거리가 멀다. 또한 거창한 행복에 대한 서술도 아니다. 풍수지리적으로 좋은 땅에 관한 이야기도, 도시를 뒤로하고 시골로 내려간 귀농자의 체험기도 아니다. 부동산 투자 혹은 개발 성공담하고는 무관한 어느 평범한 집 이야기다. 원래는 평범해야 할 집이 시대와 환경에 의해 조금 특별한 공간이 되었고, 그 공간 안에서 작은 행복을 만들어 가는 과정을 그렸다. 어떤 드라마도 반전도 없는, 평범하면서도 약간은 독특한 삶의 과정을 담았다.

행복의 전제 조건은 편안함과 안정감이다. 뭔가 불편한 것은 행복에 방해가 되고, 불안하면서 행복하다는 것은 모순이기 때문이다. 인간은 누구나 고향에 대한 그리움을 갖고 살아간다고 하는 데, 만약 그게 사실이라면 그것은 아마도 고향에서 마음의 평화와 심리적 안정을 누릴 수 있기 때문이 아닐까? 비록 마음속의, 상상 속의 고향일지라도.

그러나 현실은 우리를 고향으로부터 점점 더 멀리 떠나보낸다. 한번 떠나온 고향은 해외로 이민 가는 것만큼이나 다시 돌아가 정착하기가 어려워지고 있다. 나같이 도시에서 태어나 자란 사람에게는 애초부터 고향의 개념이 희박하다. 어릴 적 추억의 배경인 도시 한켠의 동네는, 성인이 되어 가보면 대부분 재개발되고 전혀 다른 모습을 하고 있다. 버려지고 파괴되고 사라지는 것들에 익숙해지는 동안, 우리는 모두 실향민이 되어가고 있다.

고향을 잃은 도시인에게는, 자신이 지금 살고 있는 집이 고향이다. 고향에서 누렸던 편안함과 안정감을 집에서 찾아야 한다. 그 집에서 행복을 느껴야 하고, 집 자체가 행복해야 한다. 좋은 집이란 자신이 입는 옷과 마찬가지로 우선 편안하고 부담이 없어야 한다고 나는 생각한다. 사람에게는 누구나 자신의 집을 자기만의, 자기 가족만의 행복한 공간으로 꾸밀 권리와 기회가 있다. 그 공간이 크든 작든 상관없다. 누가 행복을 평수로, 수치로 얘기할 수 있는가? 집에 대한 일반적인 고정관념이, 자아와 개성은 상실되고 공간만 존재하는 그런 집이 혹시, 우리의 행복에 방해가 되는 것은 아닐까?

내가 고향 집을 찾은 건 30대 초반, 15년간의 외국 생활과 유학을 마치고 귀국해서 얼마 지나지 않았을 때였다. 당시 나는 고향이라는 것은 우리 부모님 세대에서 이미 끝나버린, 그러니까 나같이 대도시에서 태어나 지구촌을 원하는 대로 떠돌아다니다 모국으로 돌아온 '신세대 유목민'한테는 무의미한 개념으로 인식했다. 내가 살기 좋던 곳, 편했던 곳이 나의 고향이었다.

그러다 보니 내겐 고향이 많아졌다. 태어나서 자란 서울은 첫 번째 고향, 사춘기를 보낸 독일 본Bonn은 두 번째 고향, 대학 생활을 했던 미국 캘리포니아 버클리Berkeley는 세 번째, 특별한 추억이 있는 프랑스 파리^{Paris}는 네 번째……. "지내기 편한 곳이 바로 고향(고국)이다"라는 라틴어 속담이 마음에 들었다. 고향이 많다는 게 즐거웠다. 자랑스러웠다. 언제든 고향이라고 생각하는 도시를 찾으면 반가웠다. 마음이 편했다.

그러다 어느 날 우연히, 정말 우연히 내가 태어나고 어린 시절을 보냈던 고향 집으로 돌아오면서 많은 것이 변했다. 그곳에는 내가 미처 알지 못했던 나의 뿌리와 잊고 지냈던 옛 추억들이 있었다. 이전까지 한 번도 경험하지 못했던 새로운 세계가 나를 맞았다. 고향 집은 나에게, 자유롭게 꾸미고 채워 넣을 수 있는 빈 공간을 선물했다. 또한 자연을 소개해 주고 흙을 만지게 허락했다. 서울 도심 속의 섬 아닌 섬 '학소도'는, 평범하게 하루하루를 살아가는 나에게 로빈슨 크루소의 무인도가 되어주기도 하고, 허클베리 핀의 뗏목이 되어주기도 한다. 현실에 지친 나의 쉼터이자, 미래를 꿈꾸는 잠자리다. 이곳에서 나는 세월과 함께 나의 내면세계로 여행을 떠나면서, 삶의 본질에 조금이나마 다가가려고 노력한다.

누군가 말했지. '돌아올 곳'이 없다면 떠난다는 것은 무의미하다고. 인간이 부러워하는 날개를 달고 태어난 새들도 어쩌면 '돌아갈 곳'이 있기에 자유롭게 날아다닐 수 있는지도 모르겠다.

그러나 떠나지 않고는 '돌아올 곳'이란 무의미하다는 사실 또한 잊지 말아야 한다. 떠나야만 도착할 수도, 돌아올 수도 있다. 종착

역 없는 열차란 없기 때문이다.

결국, 떠나고 싶은 우리의 마음이란 돌아갈 곳을 찾는 마음이 아닐까.

24년 전 출간된 나의 첫 책은 이렇게 끝난다. 공부와 여행으로 보낸 20대를, 그때까지 살아왔던 삶을 정리하는 뜻으로 썼던 책이다. 내가 고향 집으로 돌아와 지금같이 살게 될 거라곤 상상도 못했던 시기였다. 지금 돌아보면, 이 마지막 구절은 의도하지 않게 하나의 예언이 되어버렸다. 인생은 참으로 신비롭고 재미있다.

빈집이 있다.
30년 전에는 나의 것이었던 집.
30년 전. 내 꿈의 문을 두드린다.
군데군데 떨어져나간 담장,
세월은 나를 기다렸다.

- 파블로 네루다, 〈실론 섬 앞에서 부르는 노래〉 중에서

겨울에 캠핑을
떠나다

하
늘
매
발
톱

자유롭게, 자유를 찾아 떠나는 여행은 내 인생에서 가장 중요한
테마 중 하나다. 단순한 꿈이 아니라 실제로 10대 때부터 실행에
옮겼던 일이다. 초등학생 시절 방과 후 홀로 시내버스에 몸을 싣고
서울 시내를 정처 없이 서너 시간 배회하다 집으로 돌아오는 모험
을 종종 즐겼다. 이 모험이 내 여행의 시작이었다면, 나이 서른이
되기 전에 5대양 6대륙 70여 개 나라를 배낭 하나 달랑 메고 구석
구석 돌아다닐 때가 내 방랑벽의 클라이맥스였다. 뭐 이 정도면 백
말띠 해에 태어난 사람치고도 역마살이 꽤나 유별난 남자라고 인
정할 만하지 않을까?

그런 내가, 그러니까 30대 초반인 미혼의 건장한 남자가, 12월
중순의 어느 날 아침 눈을 뜨면서 혼자 어디론가 여행을 떠나고 싶

다는 충동을 느낀 건 그다지 놀라운 일은 아니었다. 카프카의 소설 『변신』에서 주인공 그레고르가 어느 날 아침 벌레로 변신한 모습을 보며 가족 모두가 놀라는 그런 종류의 사건과는 아주 거리가 먼, 일상에 가까운 일이었다. 고등학교 1학년 때 부모님 곁을 떠나 10년간의 유학 생활을 마치고 귀국한 아들이 며칠 여행을 다녀오겠다고 한다 해서, 함께 사는 부모님이 특별히 관심 가질 만한 일은 전혀 아니었다는 말이다.

어쨌든 그날 아침, 나는 어디론가 떠나고 싶었고 목적지가 뾰족이 떠오르지 않았다. 따뜻한 이불 속에서 몸을 뒤척이면서 떠나야 할 이유들과 떠나지 말아야 할 이유들이 평행선을 그으며 난상 토론을 벌이고 있을 때, 그 균형을 깬 결정적인 변수는 '인왕이'였다. 활동량이 많은 한 살짜리 진돗개를 아파트 실내에서 키우다 보니 항상 미안한 마음을 가지고 있던 나는, 인왕이가 자유롭게 뛰어놀 수 있는 곳으로 일단 목적지를 정했다. 그런 곳이 어딜까? 서울 주변의 산? 등산객이 너무 많았다. 지리산 깊은 산속? 나의 숙식이 문제가 됐다. 인적이 드문 한적한 바닷가? 그때 문득 머릿속에 한 장소가 떠올랐다. 그래 좋아, 인왕산으로 가는 거야!

"인왕산 정기 받아 자라는 우리……"

나의 모교 인왕초등학교의 교가는 이렇게 시작한다. 내가 태어나고 자란 인왕산 자락의 서울시 서대문구 홍제동. 세상에 태어나 첫 12년을 행복하게 보냈던 나의 고향 집. 그래, 그 집에는 인왕이가 뛰어놀 수 있는 넓은 뜰도 있고, 최소한 추운 겨울바람과 눈을 막아주는 벽과 천장은 아직 남아 있을 테니, 며칠 간의 캠핑 장소로는 꽤 괜찮은 선택 아닐까?!

"어머니, 홍제동 집 열쇠 좀 주세요."

"뭐! 홍제동 집? 그건 왜?"

"인왕이하고 며칠 지내다 오게요."

"너 혹시 어제 마신 술이 아직 덜 깬 거 아니니? 거기 사람 안 산 지가 2년도 넘었고, 얼마 전 너희 아버지가 가보고는 집 상태가 완전히 폐가 수준이라고 하던데."

"그래도 집 건물은 서 있을 거 아니에요."

"바람 쐬고 싶으면 갈 곳이 천지인데 왜 하필 거기에 가려고 하니? 마지막으로 세 들어 살던 사람들이 나가고는 고물상에서 문짝이고 창틀이고 다 뜯어 갔다고 하던데, 아마 우리가 갖고 있는 열쇠도 이젠 필요 없을걸."

자고 일어난 아들이 생뚱맞은 생각을 하고 있다고 믿으신 어머니는, 설마 내가 거길 진짜로 갈까 싶으셨는지 농담 섞어 귀신 얘기까지 하셨다. 우리나라 옛말에 자기가 살던 집을 10년 이상 떠나서 있다가 돌아가면 귀신이 붙는다는 얘기가 있단다. 너, 귀신 만나도 괜찮겠어?

그러는 사이 나는 이미 경기도 일산을 출발해 인왕산으로 향할 마음의 준비가 완료되어 있었다. 나머지 준비는 인왕이 사료, 낡은 침낭, 두꺼운 옷 몇 가지, 커피 물과 라면을 끓일 수 있는 냄비와 부스터, 그리고 책 몇 권과 노트북.

침대에서 일어난 지 한 시간도 채 안 돼 나는, 인왕이를 차 옆좌석에 태우고 인왕산을 향해 시동을 걸고 있었다.

늙어서 낯선 고향 집

전 세계를 떠돌며 구경도 하고 머물러도 봤던 멋지고 호화로운 그 어느 집보다도, 내 기억 속에서는 언제나 새집이고 행복한 공간이었던 고향 집. 앞마당에는 친구들과 타잔 놀이를 하던 큰 아카시나무와 이름 모를 꽃들과 잔디가 있었지. 여름에는 튜브로 된 미니 수영장 안에서 물장난도 하고, 겨울에 눈이 내리면 누나와 함께 나보다도, 누나보다도 큰 눈사람을 앞뜰에서 만들었지. 의외로 봄과 가을의 기억은 별로 없다. 아마도 어릴 때는 계절이 아니라 방학 위주로 한 해가 나뉘어서 그런가 보다. 그리고 집에는 항상 멍멍이들이 있었다. 그때는 녀석들이 집을 자유롭게 드나들며 나와 친구들처럼 동네를 몰려다녔지. 퍼즐 조각 맞추듯 옛 기억의 조각들을 모아보면, 그곳은 항상 '즐거운 나의 집'이었다.

그러나 그날 나와 인왕이가 도착한 곳에는 그런 집이 없었다. 사람의 숨결과 손길이 전혀 느껴지지 않는, 늙고 초라한 집이 한 채 외롭게 서 있을 뿐이었다. 낯선 집이었다. "어릴 때 넓은 들판이었

20

던 곳이 어른이 된 다음 가보니까 조그만 빈터였다"라고 말한 영국의 낭만주의 시인 워즈워스의 놀라움은 이해하지만, 내가 마주한 고향 집은 단순히 작아만 보이는 게 아니었다. 늙고 초라해서 낯설고 불편했다. 어떤 낭만을 꿈꾸거나 특별한 기대를 하고 이곳을 찾은 건 아니었지만, 고향 집 앞에 섰을 때 예상치 못한 혼란을 겪게 되었다.

서울의 모습이 20년이란 세월 동안 많이 변했듯이, 내 고향 인왕산 자락도 알아보기 힘들게 많이 변해 있었다. 어릴 적 우리의 놀이터가 되어주고 태산만큼 높아 보이던 인왕산. 그 아름답고 유서 깊은 바위산은 그사이 여기저기가 깎이고 상처 나 있었다. 주변에 들어선 고층 아파트 건물들이 산의 숨통을 조이는 듯 보였다. 나의 고향 집 또한 아파트 숲에 둘러싸여 처량한 모습으로, 잔뜩 움츠린 채 그곳에 남아 있었다. 아버지가 옛날 정성스럽게 가꾸셨던 앞뜰의 잔디밭과 꽃나무들은 더 이상 보이지 않았다. 집 건물도 낯선 사람들의 손에 약탈당하고 상처받은 채 겨우 골격만 남아 있었다. 마치 하이에나가 훑고 지나간 동물 시신의 잔해와도 같이, 얼마 전 토네이도가 집이 있는 자리를 휩쓸고 지나간 것같이 비참한 모습으로 고향 집은 나를 맞았다. 그래도 내가 태어나고 어린 시절을 보냈던 곳인데……. 나는 40년 넘게 그 자리를 꿋꿋하게 지켜온 집에게 연민을 느꼈다.

헤르만 헤세는 "방랑은 인간을 고향 집으로 이끌고 모든 길은 고향 집으로 향해 있다"라고 했는데, 막상 도착한 고향 집은 나를 위해 혼란과 슬픔을 준비해 두었다. 오랜만에 마주한 부모님의 얼굴에서 야속하기만 한 세월의 흔적이 너무 선명하게 눈에 들어와, 가슴에 통증을 느끼고 금방이라도 터져 나올 것 같은 눈물을 참을 때처럼 나는 우울했다. 혼란스러웠다. 분노했다. 누군가 원망하고 싶었지만, 대상도 실체도 없었다. 어느 소설가가 "고향은 한 손으로 오라고 손짓하면서도 다른 한 손으로는 잘 가라고 흔든다"라고 했던가. 머물러야 할지 떠나야 할지를 망설이던 나를 붙든 건, 함께 간 인왕이었다. 녀석은 9개월간의 아파트 생활에서 해방된 기쁨을 마음껏 누렸다. 앞뜰, 뒤뜰을 자유롭게 뛰어다니며 소풍 나온 어린아이처럼 좋아했다. 삶의 무게를 내색하지도 못하고 마음속으로 흐르는 눈물을 닦고 있을 때, 앞에서 천진하게 미소 짓는 어린 자식이 아버지에게는 희망이 되어준다는 게 바로 이런 걸까. 인왕이는 그 순간에 내가 가장 필요로 했던 위로와 용기를 주었다.

20년 만의 귀향

12월 중순은 해가 짧아 곧 어두워졌다. 그나마 다행스럽게도 거실 천장에 겨우 대롱대롱 매달려 있는 형광등에 불이 들어왔다. 전등 스위치에 소복이 쌓인 먼지를 보며 반신반의했는데, 다행이었

다. 수도꼭지에서는 쪼르륵 소리가 날 정도만 물이 나왔다. 가구도 없고 냉장고나 전자레인지도 없었지만 전기가 들어오고 물이 있으니, 며칠은 지낼 만한 산장이 되었다. 챙겨 간 취사도구로 라면을 끓여 먹고 인왕이한테도 사료를 듬뿍 주었다. 옛날 부모님이 주무시던 안방 콘크리트 바닥에 침낭을 깔고, 20년 만에 귀향한 집에서 첫날밤을 보낼 준비를 했다.

깨진 창문 사이로 겨울바람이 솔솔 넘나들었고, 콘크리트 벽으로 둘러싸인 실내보다 차라리 밖이 덜 추울 것 같기도 했다. 새벽의 추위가 걱정됐다. 그러다 이집트의 시나이산, 네팔의 히말라야, 아프리카의 케냐산, 남미의 안데스산맥, 북미의 시에라산맥 등 지난날 여행하며 산에서 겪었던 추위를 떠올리자, 이런 염려도 곧 사라졌다. '설마 서울 한복판에서 얼어 죽기야 하겠어.' 잠시 추위를 잊나 했는데, 이번엔 갑자기 전기가 나갔다. 칠흑 같은 어둠 속에서 벽을 더듬으며 겨우 스위치를 찾아 전등을 다시 켰지만, 이내 또 꺼졌다. 빛과 어둠이 몇 번 반복되었고, 결국 나는 포기할 수밖에 없었다. 아마도 오랫동안 전기를 사용하지 않아 전선에 문제가 있는 거로 추측했다. 그래도 어쩐지 기분이 좋지는 않았다. 자정이 다 되어 갑자기 전등이 나가는 건 또 무슨 경우람.

침낭의 지퍼를 올리고 잠을 청했다. 실제로는 광화문에서 자동차로 10분, 지하철로 세 정거장밖에 안 되는 거리에 있는데, 마치 어느 깊은 산골 혹은 서울 한복판에 떠 있는 작은 무인도에 와 있는 것 같은 기분이 들었다. 복잡했던 머리와 마음이 평온을 되찾으면서 깊은 잠에 빠져들었다.

새벽에 나를 다급히 깨운 건, 거실에 있던 인왕이가 미친 듯이 짖어대는 소리였다. 그 소리가 텅 빈 실내에 울려 퍼져서 더 크게 들린 탓도 있겠지만, 내가 깜짝 놀라 잠에서 깬 진짜 이유는 인왕이가 짖는 소리를 생전 처음 들었기 때문이다. 그때까지 아파트에서 9개월간 함께 지내면서 나는 인왕이의 목소리를 단 한 번도 들은 적이 없었다. 내가 외출 나간 사이에 짧게 짖는 소리를 어머니가 들었다고 해서, 벙어리(?)는 아니라는 것만 알고 있었다.

일반적으로 자주 짖는 개보다 잘 짖지 않는 개가 더 자신감이 넘치고 용감한 개라고 전문가들은 말한다. 투견하는 사람들 얘기로는, 서로 마주 보았을 때 두 마리 중 한 마리가 으르렁거리고 짖기 시작하면 아예 싸움을 붙이지도 않는다고 한다. 조용히 있는 개가 이길 게 뻔하기 때문이다. 사람의 경우도 마찬가지다. 내가 누군지 아느냐는 둥, 가만두지 않겠다는 둥 큰소리치는 사람보다 조용히 행동으로 옮기는 사람이 대개 더 독하고 무섭지 않은가.

그렇게 자신감 넘치고 용감한 인왕이가, 그 새벽에 미친 듯이 짖어댄 것이었다. 과연 무엇이 녀석을 저렇게 겁주고 있는 거지? 인왕이가 저렇게 놀라 짖어댈 정도면 밖에서 어슬렁거리는 길고양이는 분명 아닐 것이고, 그럼 사람? 이 새벽에 누가 이곳에…… 하지만 내 귀에 인기척은 들리지 않았다. 설마, 귀신? 평생 그 흔한 가

위눌림 한번 경험해 보지 못했던 나는, 등줄기가 오싹해지고 곧 온몸에 식은땀이 흘러내렸다. 거실로 나가볼까 생각도 했지만, 솔직히 섬뜩했다. 전등불도 들어오지 않는 상태에서 걸어 나가기도 쉽지 않았다. 눈을 뜨나 감으나 어둠은 똑같았고, 그냥 눈을 감고 있는 게 차라리 나았다. 〈토요 미스터리 극장〉에 나올 법한 해괴한 일이 지금 나한테 일어나고 있는 건가?

인왕이가 얼마나 짖었을까, 실내가 다시 죽은 듯이 고요해졌다. 긴장했던 근육이 풀리면서 나는 다시 깊이 잠들었다. 다음 날 눈을 뜨자 해가 떠 있었고, 나는 살아 있었다! 거실로 나오는 나를 인왕이는 아무 일도 없었다는 듯 힘차게 꼬리를 흔들며 맞았다. 분명 꿈은 아니었는데, 무슨 일이 있었던 걸까? 결국 나는 귀향 첫날밤에 신고식을 호되게 치른 셈이 되었다. 그 새벽에 무슨 일이 있었는지 인왕이는 알고 있겠지…….

DALL • E2 generated

인
왕
이

우리 가족에게 우리 집은 생명력이 없는 물질이 아니었습니다.

우리 집은 심장과 영혼, 그리고 우리와 함께 바라보는 눈을 갖고 있었지요.

우리 집은 우리를 인정해주고 배려해주고 진심으로 동정해주었습니다.

우리 집은 우리의 일부였고, 그 집의 축복으로 우리는 평화를 누릴 수 있었습니다.

— 마크 트웨인이 1896년 친구에게 쓴 편지에서

■ 마크 트웨인은 1874년 부인과 함께 미국 코네티컷 주 하트퍼드에 집을 직접 지었다. 훗날 그는, 가족과 함께 이 집에서 보낸 17년이 인생에서 가장 행복했고 작가로서 가장 생산적인 시간이었다고 회상했다. 이 집은 현재 마크 트웨인 박물관이 되어 일반인에게 개방되어 있다.

내 인생의 집들

약 180만 년 전 지구에 처음 나타났던 '호모에렉투스Homo erectus'
에서부터 지금까지 존재했던 다양한 호모사피엔스Homo sapiens만큼이
나, 인간이 주거해 온 공간도 동굴에서 시작해 수십 층 위의 펜트하
우스까지 다양하다. 태초의 인간은 모두 유목민이었다. 자연 속에
서 열매를 따 먹고 짐승을 사냥했다. 곰처럼 동굴에서 살았고, 필요
하면 다른 동굴을 찾아 떠났다. 그러다가 어느 때부턴가 땅에 정착
했고, 기거할 수 있는 오두막을 지었다. 처음에는 나무와 잎이 건축
자재였지만, 점차 짐승 가죽과 돌이 쓰였다. 돌로 쌓은 벽을 고정하
기 위해 황토가 이용됐고, 황토로만 지은 집도 탄생했다. 그 후 벽
돌이 목재와 함께 집을 짓는 데 쓰이게 되었고, 오늘날에는 강철과
콘크리트, 그리고 유리가 주요 재료로 이용되고 있다. 동굴 집에서

시작한 인간은 끊임없이 계속되는 '이사' 후에, 21세기에 와서는 크레인이 쌓아 올린 고층 아파트나 빌라, 다세대주택, 단독주택 등에 대부분 살고 있다.

오늘날 자신이 태어난 집에서 평생 살다가 죽는 사람은 그렇게 많지 않을 것이다. 특히 대도시에서 태어나 자신이 맺은 첫 집과의 인연을 죽을 때까지 이어간다는 것은 동서양 구분 없이 더 이상 흔한 일이 아니다. 급기야 거침없이 가속을 내는 세계화는 새로운 현대판 유목민을 탄생시켰고, 같은 도시 안에서뿐 아니라 도시와 도시 간, 또 국가와 국가 간 인구 이동을 촉진하고 있다.

기억을 되돌려 보면, 고향 집을 떠나 다시 돌아올 때까지 20년 동안 나는 꽤 많은 집을 거쳐온 것 같다. 여러 나라에서 생활했고 그보다 훨씬 많은 나라들을 여행하면서, 노숙을 했던 몇 날을 빼면 어느 형태이든 지붕 밑에서 잠을 잤다. 대부분 사람보다 조금 어린 나이에 일종의 신 유목민 생활을 체험한 셈이다.

독일로 떠나다

나는 중학교 1학년 때, 중앙 부처 공무원이던 아버지가 독일로 발령이 나면서 부모님을 따라 당시 서독의 수도였던 본^{Bonn}으로 떠났다. 나의 첫 해외여행이자 그 이후 내가 겪게 될 15년간의 외국 생활의 시발점이었다.

우리 가족이 독일로 떠나기 직전까지 살았던 집이 바로 지금 내가 살고 있는 고향 집이다. 지금과는 모습이 매우 다르고 '학소도'라는 이름도 아직 없었을 때인데, 당시 아버지는 바쁜 직장 생활 중에도 시간만 나면 마당에 나무를 심고 잔디를 깔고 꽃을 가꾸셨다. 한참 뒤 어머니께 들은 얘기로는, 애지중지하던 집과 정원을 두고 외국으로 떠나기가 불안했던 아버지는, 그 모두를 잘 관리해 줄 세입자를 찾느라 고심했다고 한다. 결국 한 남자가 나타났고, 그는 자신을 농과대학을 나온 조경 전문가로 소개하며 자신과 가족 모두가 정성껏 집을 관리해 주겠다고 약속했다. 아버지는 너무 반갑고 기뻐서 새로 들어올 세입자에게 시세보다 훨씬 낮은 전세금을 받고 집 열쇠를 넘겨주었다.

우리 가족이 독일에서 생활한 지 3년쯤 지났을 때, 한국에 사는 친척이 어느 날 독일 집으로 다급히 전화했다. 서울의 우리 집이 텔레비전 저녁 뉴스에 나왔다는 것이다. "인왕산 자락의 아름다운 전원주택을 소개합니다", 뭐 이런 좋은 취지로 나왔다면 가족 모두 환호했겠지만, 불행하게도 전혀 다른 계기로 텔레비전에 '출현'하게 되었다. 조경 전문가라던 세입자는 사실 전문 도박꾼이었고, 우리 고향 집에 '하우스'를 차려놓고 상당히 큰 규모의 도박판을 벌여 오다 경찰에 적발된 것이다! 나는 물론 그 뉴스 화면을 본 적이 없지만, 경찰들이 집 안으로 들이닥치고 그 안에 있던 도박꾼들이 다급히 창문과 뒷문으로 달아나거나 붙잡혀 얼굴을 가리고 있는 모습은 쉽게 상상할 수 있다. 또한 집주인이 24시간 '손님'을 맞는 동안, 나무들과 잔디, 꽃들은 마당에서 서서히 죽어갔겠지. 지금 내가 살고 있는 고향 집 역사의 어두운 한 페이지다. 텃밭에서 삽질을 하다 현금과 보석이 가득 든 궤짝이라도 혹시 발견된다면 그 불행은 행운으로 바뀔 수 있겠으나, 지금까지 그 잊고 싶은 역사는 계속 남아 있다.

한국에서 날아온 소식에 부모님은 충격이 컸겠지만, 나는 사실 별 관심이 없었다. 한창 사춘기를 보내고 있던 나는, 오로지 음악과 축구, 여자에게 모든 관심이 집중되어 있었기 때문이다. 고향 집은, 미안하지만 나의 관심 영역에서 한참 밖에 자리하고 있었다. 내 방은 온통 아바^{ABBA}, 비지스$^{Bee\ Gees}$, 에이시디시$^{AC/DC}$, 키스^{KISS} 포스터로 도배되어 있었고, 사춘기 소년이 풍기는 전형적인 냄새가 배어 있었다.

우리 가족이 살던 독일 집, 바헤메어 스트라세$^{Bachemer\ Str.}$ 25번지는 건축적으로 그리 특색 있는 건물은 아니었다. 두부를 가로와 세로 각각 한 번씩 칼질해 사 등분한 모양으로 모두 네 세대가 그 네모난 2층 건물에 살았는데, 우리 집은 1층 길가 쪽이었다. 바로 윗집에는 본 대학 의대 교수였던 오스트리아인 노부부와 대학생 외아들이 살았다. 다른 1층 집에는 독일인 남편과 프랑스인 부인, 그리고 나보다 어린 아들 셋이 살았고, 그 집 위층에는 알제리 외교관 가족이 살았다.

이렇듯 다양한 가족들이 살고 있었던 만큼 그 건물에선 매일 다양한 언어가 들려왔다. 옆집 독일 가족은 독일어와 프랑스어, 그 윗집 알제리 가족은 아랍어, 우리 집은 한국어, 그리고 우리 윗집은 오스트리아식 독일어(한국어로 치면 억양이 강한 경상도 사투리)를 썼다. 옆집 부부는 알제리 가족과 대화할 때 프랑스어로 말했고, 우리 부모님은 이웃들과 대화할 때 영어를 썼다. 독일어, 아랍어, 한국어, 프랑스어, 영어 이렇게 5개국 언어가 그 좁은 공간 안에서 쓰였고, 손짓•발짓, 즉 바디 랭귀지도 추가해야 할 것 같다. 독일에 도착해 그 집에서 살기 시작할 때 내가 이웃들과 의사소통을 하기 위해 가장 많이 쓴 언어가 바로 바디 랭귀지였다. 물론 시간이 흐르면서 나의 독일어 실력이 점차 늘어 손발보다는 입이 더 바쁘게 움직였지만, 그런 국제적인(?) 환경 덕에 독일 학교에 다니면서 영어와 프랑스어를 배울 때 긍정적인 자극을 받았던 건 분명하다.

나는 옆집의 얀^{Jan}, 아노^{Arno}, 파트릭^{Patrik} 삼형제와 친하게 지냈다. 나보다 나이는 어렸지만, 독일어는 훨씬 잘했고(!), 학교가 끝나고 집에 오면 항상 나를 찾아 함께 놀기 좋아했다. 어느 날 그들 집에 텔레비전이 없다는 사실을 알고 매우 놀랐다. 초등학생 아들 세 명이나 사는 집에 부모가 의도적으로 텔레비전을 두지 않은 것이다. 그래서 이 친구들은 숙제하거나 악기 연습을 하는 시간 외에는 대부분 밖에 나가 뛰어놀았다. 나는 지금도 텔레비전을 보지 않지만, 성인이 된 이후로 20년 넘게 텔레비전 없이 살았던 것은 아마도 활기찬 옆집 독일 가족에 대한 기억 때문일 것이다.

미국 버클리의 자췻집

만 16세, 그러니까 고등학교 2학년이 되던 해에 나는 독일에 남아 있는 부모님을 떠나 홀로 미국 캘리포니아주 댄빌^{Danville}이라는 도시에 도착했다. 그곳에 있는 사립 고등학교 아테니언 스쿨^{The Athenian School}에 입학했고, 아름다운 캠퍼스 안의 기숙사에서 졸업할 때까지 2년을 보냈다. 그 후 버클리대학에 입학해, 첫해는 대만인 고등학교 선배와 자취했고, 2학년이 되면서 버클리시 엘스워스 스트리트^{Ellsworth St.} 136번지 아파트로 이사했다. 침실이 세 개여서 항상 두 명의 룸메이트와 함께 생활했던 나는, 이 허름한 아파트에 대한 추억이 유난히 많다.

내가 그 아파트에 방을 얻어 이사 들어간 지 일주일쯤 되었을 때였다. 평소와 마찬가지로 도서관에서 공부하다 자정이 다 되어 집에 왔는데, 갑자기 발밑에서 이상한 소리와 함께 약한 진동이 느껴졌다. 마치 누군가 끝이 뾰족한 무엇으로 내 방바닥 밑을 쿡쿡 찌르는 것 같았다. 의아해하며 나도 발로 바닥을 몇 번 쿵쿵 굴렀다. 그러자 잠시 후 내 방에 전화가 울렸고, 수화기 너머로 남자 노인의 가냘프고 높은 톤의 고함이 들려왔다.

"나 당신 바로 아래층에 사는 사람인데, 당신의 그 발소리 때문에 나와 아내가 잠을 못 잔다고! 코끼리가 걸어 다니는 소리 같아! 계속 이런 소리를 내면 경찰을 부를 거야!"

"코끼리? 내 체중이 70킬로그램도 안 되는데…… 그리고 방에 들어온 지 10분도 채 안 되는데, 이 할아버지가 정말! 경찰을 부르시든 FBI를 부르시든 마음대로 하세요!"

이런 실랑이는 그날 이후로도 일주일에 한두 번씩 수개월 동안 반복되었다. 물론 나도 밤늦게 방에 돌아오면 최대한 조심을 했지만, 그렇다고 마치 도둑이 사람 잠자는 방에 들어와 걷는 것처럼 발꿈치를 들고 다닐 수는 없는 노릇 아닌가! 한번은 월세를 내러 아파트 매니저가 사는 집에 갔을 때, 아랫집 얘기를 꺼냈다.

"이거 너무한 것 아닙니까? 내가 밤늦게 음악을 크게 트는 것도 아니고, 방에 텔레비전도 없을뿐더러 내 몸이 100킬로그램 넘는 미식축구 선수도 아닌데 코끼리라니요!"

내가 갈 때마다 항상 그랬듯이, 1960년대의 샌프란시스코 히피 문화를 아직 졸업 못 한 이 매니저 아저씨는, 그날도 대마초를 피워 눈이 반쯤 감긴 상태에서 다소 감정 섞인 목소리로 말했다.

"학생이 이해해 줘. 그 교수님 알고 보면 불쌍한 분이야. 학생이 다니는 버클리대학의 통계학과 교수님인데, 일흔이 넘은 연세에 이런 후진 아파트에 사시는 거 봐. 내가 들은 얘기로는 통계학 분야에서 세계적인 석학이라고 하던데…… 안됐어. 그러니 학생이 이해해."

새 학기가 되어 나는 마침 통계학 개론을 듣게 되었다. 어느 날 박사 과정에 있는 강의 조교에게 그 할아버지 교수에 대해 하소연했다. 그러자 조교가 말했다.

"뭐, 에릭 레만Erich L. Lehmann 교수님? 너 레만 교수님이 얼마나 위대한 통계학자인지 알아? 내가 중국에서 버클리대학으로 유학 온 것도 순전히 이 교수님 밑에서 공부하고 싶었기 때문이야!"

'그래서요? 그런 훌륭한 학자께서 왜 자꾸 나한테 시비를 거시는 건데요?'

얼마 후 나는 통계학과 박사 과정으로 유학 온 한국인 선배를 만난 자리에서 그 교수에 대해 다시 물어봤다.

"레만 교수님은 만약 통계학 분야에 노벨상이 있었다면 일찍이 받고도 남으셨겠지. 대단한 석학이셔."

'이웃으로는 모르겠지만 학자로서는 존경받을 만한 분인 건 확실하군.'

학기가 끝나갈 무렵, 아파트 계단에서 우연히 레만 교수와 마주쳤다. 그전에도 가끔 마주치는 일이 있었지만, 그때마다 서로 시선을 돌리고 지나쳤는데 그날은 내가 처음으로 인사를 드리고 대화를 나누었다. 교수님도 그간의 '신경전'을 잊으셨는지, 친절하게 나를 집으로 초대해 거실에서 커피까지 대접해 주셨다.

지금까지도 선명하게 기억하는 그 거실에는 소파, 탁자, 그리고 피아노 한 대 외에는 텅 비어 있었다. 학생들이 사는 우리 아파트 거실보다도 더 초라해 보였다. 원래 대학자는 이렇게 가난하게 사는구나 하고 감동했는데, 나중에 알고 보니 교수님은 그때까지 결혼을 다섯 번인가 하는 바람에 위자료로 전 부인들에게 재산을 거의 다 주었다고 한다. 어쩌면 거실에 남아 있던 소파, 탁자, 피아노와 연금이 실제로 교수님의 전 재산이었을지도 모른다. 그리고 교수님의 침실을 잠시 들여다보았는데, 침대 옆에 기다란 나무 막대기가 하나 있었다. 내 발밑에서 들리던 찌르는 소리와 약한 진동의 주범이 거기 있었던 것!

이 낡은 아파트에서 대학 졸업 때까지 3년을 사는 동안, 나는 이 교수님과의 인연 외에도 옆집에 살던 게이 커플과의 에피소드도 많다. 버클리대학 게이 레즈비언 학생회 회장이었던 길버트는 절세의 꽃미남이었고, 그의 파트너는 영화배우 리처드 기어를 닮은 멋쟁이였다. 주말에 종종 그 집에서는 파티가 열렸는데, 여러 차례 받은 초대를 매번 거절하기가 미안해 룸메이트와 함께 간 적이 있었다. 대부분 게이로 추정되는 수십 명의 남자들이 다들 얼마나 잘생겼던지, 나와 내 룸메이트는 다소 불편한 분위기 속에서도 위안을 얻었다. '이 친구들이 여자에게 관심이 없다는 게 얼마나 다행이야!'라면서. 그런가 하면, 아르바이트하던 대학 도서관 직원이 선물로 준 초대형 토끼(웬만한 고양이보다도 더 뚱뚱했다!)를 실내에서 방목해 키우다 함께 자취하던 한국인 선배한테 최후통첩을 받기도 했다. "네가 나가든지 토끼를 내보내든지 내일까지 결정해!"

그 집에서 나는 내 방 벽에 걸려 있던 세계지도를 보며 세계여행을 꿈꾸었고, 실제로 재학 중에 휴학하고 14개월 동안 그 꿈을 실현할 수 있었다. 공부에 매진해 책상 앞에서 수많은 밤을 지새우기도 했고, 그 방에서 여자친구에게 처음으로 사랑을 고백하기도 했다.

파리 셰익스피어 서점

내 인생에서 특별한 또 다른 집은 프랑스 파리의 뷔셔리 가^{rue de la} ^{Bucherie} 37번지에 있다. 파리에서도 가장 아름다운 전망을 가진 이 17세기 건물 안에서 나는, 1995년 가을부터 이듬해 봄까지 살아보는 굉장한 행운을 누렸다. 서점 '셰익스피어 엔드 컴퍼니^{Shakespeare &} ^{Company}'의 역사와 주인 할아버지 조지 휘트먼^{George Whitman}, 그리고 내가 6개월간 겪은 그 많은 에피소드를 이야기하자면 책 한 권 분량도 넘을 것 같다. 내가 그곳에 머문 절대 시간은 짧을지 모르지만, 10년, 20년 지낸 것 이상으로 그 집은 나에게 강렬하고도 아름다운 추억을 선물했다.

나는 당시 미국에서 대학원을 다니다가 일 년을 휴학한 상태였다. 오로지 프랑스 파리에서 살아보고 싶었기 때문이다. 그전에도 여러 번 이 도시를 여행한 적은 있었지만, 매번 며칠 정도의 짧은 여정이었다. 파리는 당시 내가 아는 한 세계에서 가장 아름다운 도시였고, 나는 일 년 동안 그곳에 머물며 책을 한 권 쓸 계획이었다.

오랜 시간 동안 머릿속을 맴돌던 이야기를 한 권의 장편소설로 정리하고 싶었다. 무엇에 홀린 사람처럼 나는 파리의 찰스 드골 공항에 도착한 뒤, 최대한 빨리 묵을 집을 찾아야 했다.

대도시에서, 그것도 파리 시내에서 배낭 하나가 이삿짐의 전부인 외국인에게 일 년간 아파트를 저렴하게 임대해줄 사람은 흔치 않았다. 그러나 행운은 뜻밖에 찾아왔다. 정말 우연한 계기로 휘트먼 할아버지를 만났고, 30분도 채 되지 않아 아파트 열쇠를 건네받았다. 매일 한 시간 정도 할아버지의 책 편집 일을 도와드리는 조건으로 임대료는 무료, 식사는 알아서 해결, 임대 기간은 3개월이든 6개월이든 1년이든, 내가 원하는 만큼!

프랑스의 배꼽이라 불리는 노트르담 대성당에서 바로 강 건너편, 센강변이 한 폭의 유화처럼 아름답게 내다보이는 건물 4층에 있는 아파트. 침실과 부엌, 화장실, 거실이 각각 하나씩인 이 낡은 아파트는 사실 건물 1층과 2층에 있는 서점에 딸린 숙소라는 표현이 더 어울릴지도 모른다. 나는 첫 3개월은 2층에 있는 '작가의 방^{Writer's Studio}'에서, 나머지 3개월은 4층 아파트에서 보냈다.

이 건물 안에서 생활하면서 피할 수 없었던 것은 세월의 흔적이었다. 방을 가득 메운 고서적들이 풍기는 낯설지만 불쾌하지 않은 냄새, 창가의 낡은 나무 책상, 색이 바랜 담요와 침대, 그리고 책장들 사이에 걸린 커다란 거울들. 이 모두가 나를, 내가 모르는 과거로 안내하는 듯했다. 그리고 창밖에는 현재가 있었다. 유리 너머로 내려다보이는 센강, 강 위를 오가는 배들, 산책하는 사람들, 강변의 벤치들, 주위를 날아다니는 갈매기들, 그리고 매시간 노트르담 대성당에서 울려 퍼지는 장엄한 종소리.

파리의 겨울이 막 시작되던 어느 이른 아침, 나는 쾅쾅거리는 노크 소리에 잠에서 깼다. 나는 당시 철저하게 야행성 생활을 하고 있어서 보통 글을 쓰다 새벽 5시에 잠이 들었는데, 눈을 뜨고 시계를 보니 새벽 6시였다. 문 앞에는 큰 여행 가방 두 개를 양옆에 놓고 주인 할아버지가 서 있었다.

"할아버지, 어디 여행 가세요?"

"아니, 빨리 짐 챙겨서 자네가 4층 아파트로 올라가 지내도록 해."

"네? 갑자기 왜요?"

"겨울에는 4층보다 여기 2층이 더 따뜻하거든."

나는 그렇게 작은 원룸에서 쫓겨나 훨씬 넓은 아파트로 이사하게 되었다. 난방은 없었지만, 마음은 따뜻했다.

휘트먼 할아버지는 이처럼 엉뚱한 면이 많았다. 몽상가이자 철저한 원칙주의자였다. 또한 무정부주의자이면서 자선사업가였다. 옆에서 보기에 엉뚱하게 보일 수밖에 없었다. 나는 할아버지를 '파리의 돈키호테'라고 불렀다. 할아버지는 서점 건물 안에 공간만 있으면 문인, 예술인, 여행객을 차별하지 않고 30년 넘도록 숙소를 제공해 주었다. 숙박료가 없는 대신 한 가지 조건이 있었다. 다름 아닌 하룻밤에 책 한 권 읽을 것! 물론 일일이 확인을 하거나 강요하는 일은 없었다. 그저 책을 좋아하는 휘트먼 할아버지의 바람일 뿐이었다. 한때 『북회귀선』의 작가 헨리 밀러와 '비트 세대^{Beat} Generation'의 대표적 시인 앨런 긴즈버그가 이곳을 자기 집처럼 여겼고, 실존주의 작가 장 폴 사르트르와 그와 평생 특별한 관계였던 시몬 드 보부아르도 파리에 거주했던 수많은 예술가나 사상가들과 마찬가지로 이 서점의 단골이었다고 한다.

셰익스피어 서점의 역사를 조금 더 거슬러 올라가면, 첫 번째 주인이었던 실비아 비치^{Silvia Beach}가 등장한다. 1919년 비치는 20대 중반의 미혼 여성이었다. 그녀는 미국 동부 프린스턴시에서 프랑스로 건너와 파리에 정착한 뒤 이 서점을 운영하면서 많은 문인과 교류하기 시작했다. 서점은 곧 당시 파리에 살던 소위 '상실의 시대^{Lost Generation}' 영미 작가들의 살롱 또는 아지트가 되었고, 주요 멤버 중에는 후에 노벨문학상을 수상하게 되는 어니스트 헤밍웨이와 T. S. 엘리엇을 비롯하여 스콧 피츠제럴드, 손튼 와일더, 에즈라 파운드, 버질 톰슨, 셔우드 앤더슨, 제임스 조이스 등이 있었다. 특히 제임스 조이스의 대작 『율리시스』를 실비아 비치가 1922년 셰익스피어 서점 이름으로 초판 1,000권을 찍으면서, 20세기 최고의 문학작품으로 평가받는 이 소설이 세상의 빛을 보게 되었다.

나는 노트르담 대성당의 종소리를 들으며 매일 아침 눈을 뜨면, 따뜻한 커피가 든 머그잔을 양손으로 감싸고 창밖으로 센강변을

서점 2층 〈작가의 방Writer's Studio〉과 어지러운 내 임시 책상

〈셰익스피어 엔드 컴퍼니
Shakespeare & Company〉 서점

대문호들의 숨결이 느껴지는,
시간을 잃어버린 공간

내려다보면서 하루를 시작했다. 시내 중심가를 가로질러 30분 정도 걸으면 국립현대미술관이 있는 퐁피두센터가 나오는데, 나는 그곳 제일 위층에 있는 식당 겸 카페에서 오후를 주로 혼자 보냈다. 서점에 돌아오면 대화할 사람은 항상 많았다. 세계 각국에서 여행 온 배낭족들, 시인들 그리고 예술가들이 있었다. 그곳에 머무는 동안 경험했던 짧은 로맨스는 글 쓰는 작업에 방해가 되지 않았다. 생각보다 일찍 소설이 완성됐고, 나는 문득 떠나겠다는 결심을 했다.

내가 셰익스피어 서점 건물에서 6개월을 머문 뒤 떠난 이유는 단 한 가지다. 너무 꿈만 같은 생활이었고, 그보다 더 낭만적일 수는 없다고 판단했기 때문이다. 그 특별한 집에 살 수 있었던 건 뜻밖의 행운이었고, 나는 그 행운의 중심에 섰을 때 떠나고 싶었다. 떠나는 걸 만류하던 휘트먼 할아버지에게 마지막으로 감사 인사를 드리고 서점을 떠났다. 그 뒤로 아직 한 번도 그곳을 다시 찾아가지 못했다. 예상치 못하게 영화 속에서 그 집을 다시 만났는데, 줄리 델피와 에단 호크 주연의 〈비포 선셋〉(2004)에서였다. 영화 초반에 셰익스피어 서점이 나오는 걸 보고는, 반가운 나머지 하마터면 극장에서 벌떡 일어나 소리를 지를 뻔했다. 2012년 개봉한 영화 〈미드나잇 인 파리〉에 등장하는 셰익스피어 서점을 보면서 나는, 우디 앨런 감독이 이 특별한 서점에서 영감을 얻어 그 영화를 찍었을 거라 확신했다.

인연을 맺었던 지구촌 집들

파리를 떠나 미국 케임브리지시로 돌아온 나는, 대학원생 전용 아파트인 피바디 테라스^{Peabody Terrace} 17층에 입주했다. 거실 창밖으로는 찰스강과 주변의 하버드대학 캠퍼스가, 침실에서는 보스턴 항구와 시내가 한눈에 내려다보이는 아름다운 전망이 있는 아파트였다. 주중에는 공부에 쫓겨 창밖을 내다보며 전망을 즐길 여유가 거의 없었지만, 가끔 날씨가 화창한 주말이면 아파트에 딸린 발코니에 앉아 찰스강 위를 달리는 조정 보트와 주변을 조깅하는 사람들, 고목들과 오래된 대학 건물들이 조화를 이루는 케임브리지시의 풍경을 감상하며, '아, 나는 아름다운 집과 참 인연이 많구나' 하고 생각하곤 했다.

평생 잊지 못할 버클리시, 파리, 케임브리지시의 집들 외에도 여행하면서 하루 이틀 혹은 몇 주간 머물렀던 다양한 장소의 다양한 집들이 아직도 머릿속을 맴돈다.

내가 미국에서 맞은 첫 크리스마스를 보냈던 미국인 룸메이트 데이비드의 집. 아이다호주 보이지시에 있던 그 집은 영화에서나 볼 법한 미국 백만장자의 대주택이었다.

쿠바 산티아고에서 2주간 머물렀던 민박집은 스페인풍의 작고 오래된 집이었는데, 실내로 들어서는 순간 마치 오래전부터 들락거리던 친척 집에 온 것같이 편안하게 느껴졌다.

네팔에서 트레킹을 하다 하룻밤 묵었던 안나푸르나의 산마을 민박집은 좀 특이한 이유로 기억에 남아 있다. 집이 몇 채 안 되는 해발 3,000미터 높이의 이 작은 마을에서 민박집은 단 한 군데였는데, 그나마 바닥이 흙으로 된 방도 단 하나였다. 해 질 무렵 나처럼 혼자 등산하던 스웨덴 여성 산악인이 마을에 도착해, 우리는 어쩔 수 없이 한 침대 위에서 머리와 발을 서로 반대 방향으로 하고 각자의 침낭 속에서 밤을 보냈다.

스위스 제네바에 있는 국제기구에서 3개월 연수를 할 때 임대했던 르망 호수^{Lac Léman} 가의 아파트는, 삐거덕거리는 나무 바닥, 장작 난로, 창틀 등 집 안 구석구석이 100년 이상 된 골동품 전시장이었다. 이 밖에도 인도 북동쪽 끝의 다질링에 있던 산장, 아프리카 케냐산 밑의 식민지 시대 저택, 남미 안데스산맥의 수백 개의 섬과 수십 개의 만년설 고봉에 둘러싸여 외롭게 서 있던 대저택…… 내가 고향 집으로 돌아오기 전까지, 짧게라도 인연을 맺었던 많은 집들이 기억 상자 밖으로 경쟁하듯 불쑥불쑥 튀어나온다.

집에 얽힌 아름다운 추억이 많다는 건 큰 행운이다. 그리고 그렇게 많은 집을 거쳐 세계를 돌고 돌고 또 돌아 20년 만에 고향 집으로 왔다는 사실이 신기하다. 신비롭기까지 하다. 우연이라 불러도 좋고 운명이라 불러도 좋다. 중요한 건 내가 고향 집에서 삶을 계속 이어간다는 사실, 그리고 이곳에서 계획에도 없던 새로운 여행이 시작되었다는 사실이다.

Santiago de Cuba
1999
민박집, 2주간 머물다

나는 모진 추위를 무릅쓰고 2천여 리나 떨어진, 20여 년이나 떠나 있던 고향으로 돌아왔다……

'아! 이것이 내가 20년 동안 늘 그리워하던 고향이란 말인가?'

내가 기억하던 고향은 전혀 이렇지 않았다. 내 고향은 훨씬 더 좋았다. 그러나 그 아름다움을 가슴에 그리며 그 좋은 점을 말로 표현해보려고 하면 그 모습은 순식간에 지워지고, 하려던 말도 없어져버린다.

—루쉰, 『고향』(1921년 1월) 중에서

옛집, 새로운 삶

마크 트웨인은 "문명이란 사실 불필요한 생활용품을 끝없이 늘려가는 것이다"라고 말한 적이 있는데, 고향 집에서의 초기 생활은 문명하고는 어느 정도 거리를 둔, 그렇다고 원시적이었다고 표현하기엔 지나친, 조금 애매모호한 형태였다.

즉흥적으로 캠핑 여행을 떠나 도착한 고향 집은 텅 비어 있었고 생활필수품이라고는 내가 가져간 작은 냄비 하나, 부스터, 옷 몇 가지, 세면도구, 침낭이 전부였다. 그나마 수도꼭지에서 물이 나오고 불안정하나마 전기도 들어와서 다행이었다. 걸어서 5분만 내려가면 식당들과 편의점이 있어서 깊은 산속에 갇혀 굶어 죽을 법한 상황은 아니었다. 난방이 안 돼 낮에 실내에서도 두꺼운 겨울옷을 입고 있어야 했지만, 그 정도 고생이야 오랜만에 맛보는 자유의 달콤

함에 견주어 충분히 견딜 만했다. 인왕이도 새로운 환경이 마음에 드는지, 지치는 줄 모르게 뛰어다니기도 하고 뜰 구석구석을 돌면서 새롭고 신기한 냄새에 정신이 없어 보였다.

물건이 주변에 없다는 건 그만큼 빈 공간이 많다는 뜻이고, 허전하기보다 홀가분한 느낌이 더 강했다. 여행을 제대로 하려면 여행 가방이 가벼워야 한다고 믿는 나는, 가벼운 손과 마음으로 고향 집에서 자유를 누렸다. 여행을 많이 떠났던 20대, 경비를 마련하기 위해 현금화할 수 있는 내 소유의 물건을 모두 처분했던 적이 한두 번이 아니었다. 학생 신분이었기에 값비싼 물건은 없었지만, 자취방에서 쓰던 낡은 책상, 침대, 스탠드, 스피커, 자전거, 심지어 머그잔들까지(물론 모두 중고로 구입한 것들) 모두 팔고 나면 남는 건 옷 몇 벌과 책 몇 권, 배낭, 카메라 등 여행에 필요한 장비 몇 가지, 그리고 여행 경비로 쓸 현금 얼마가 다였다. 익숙한 자취방과 정든 물건들을 뒤로하고 새로운 여행을 시작할 때면, 약간의 긴장감이 흥분 그리고 환희와 뒤섞여 떠밀리듯이 가벼운 발걸음을 재촉하던 기억이 선명하다. 이 집에서의 생활을 시작하면서 나는 그때와 비슷한 느낌을 오랜만에 받았다.

사실 나는 '물건 못 버리는 사람 대회'가 있다면 참가해 보고 싶을 만큼, 지닌 물건에 대한 애착이 강한 사람이다. 다만 가끔, 주변의 익숙한 물건, 인간, 공간과의 관계에 짓눌려 삶의 무게가 버겁게 느껴질 때는 잠시라도, 아니 가능한 한 오랫동안 모든 걸 두고 그냥 떠나고 싶은 충동을 느낀다. 여행을 통해 자유를 누리고 싶어진다. 일종의 숨 고르기다. 잠시나마 내 주변의 현실과 거리를 두는 것이다. 물론 행동에 옮기기란 생각만큼 쉽지 않다. 우리는 우리가 누리는 편리함과 안락함에 대해 끊임없이 비용을 지불해야 하고, 그 의무와 책임을 잠시 보류한다는 건 항상 어렵다. 때에 따라 불가능할 수도 있다. 카프카의 소설 『변신』에서 '벌레'는 어쩌면, 직장과 사회 그리고 가족과 얽매인 관계로부터 현실적으로 도피할 수 없는 주인공 그레고르에게는 의도하지 않은 대안 혹은 무의식의 상징이었을지도 모르겠다.

애초에 짧은, 그러니까 3박 4일 정도의 여행을 목적으로 집을 떠났지만, 여행 목적지인 고향 집에서 머무는 시간은 하루 이틀 늘어갔다. 그러나 나도 어쩔 수 없이 현대문명에 길든 도시인으로서, 당시 고향 집의 환경에서 지속적으로 버틸 수 있는 시간은 그리 길지 않았다. 아침에 일어나 샤워는 고사하고 세수할 온수도 없었다. 의자나 소파 대신 콘크리트 바닥에 신문지를 깔고 앉아 있는 것도 쉽지 않았다. 따뜻한 온돌과 환한 조명, 그리고 어머니의 음식이 그리워지면, 일단 일산 집으로 돌아갔다. 그곳에서 하루 정도 편안한 아파트 생활을 하고 나면, 마음은 다시 인왕산으로 향했다. '우리 거기 다시 안 가요?'라고 말하는 듯한 인왕이의 표정도 한몫했다.

차를 주차하고 일산에서 가져온 생활용품과 식품을 챙겨 고향 집에 들어서면, 집에 돌아왔다는 안도감보다는 여전히 낯설고 어색한 느낌이 압도했다. 어릴 때 살던 고향 집의 아름다운 추억을 떠올릴 만한 낭만적인 여유는 없었다. 가족끼리 20년간 떨어져 살다 다시 만나게 되었을 때 느끼는 감정이 이런 것일까. 첫 만남의 짧은 순간은 반갑고 감동적이어서 눈물과 기쁨이 뒤섞이겠지만, 그 직후부터 한동안은 낯설고 어색한 분위기가 쉽게 사라지지 않을 것 같다. 20년이란 세월 동안, 기억 속에 간직해 온 서로의 모습이 지금 마주 보고 있는 모습과 너무 다르다는 사실을 깨달으면서, 약간의 당혹감마저 느낄 수 있을 것이다. 헤어지기 전까지, 그러니까 오래전에 공유했던 그 모든 것이 서로에게 환상이 아닌 현실로 확인되기까지는 시간이 필요하다. 때로는 많은 시간이.

각자 다른 삶을 살아오다 어느 날 우연히 만나 사랑하게 되고 삶을 공유하기 시작하는 남녀의 관계와는 다른 상황이다. 연인들은 각자의 과거를 상대와 부분적으로 공유할 수 있지만, 나는 눈앞에 보이는 고향 집과 그 공간 구석구석에 배어 있는 기억 전체를 끌어안아야 한다는 부담을 느꼈는지도 모른다. 그래서 낯설고 어색했을지도. 20세기 중국 문학의 거장 루쉰은 단편소설 『고향』에서, "아! 이것이 내가 20년 동안 늘 그리워하던 고향이란 말인가?"란 외침으로 오랜 세월 뒤 다시 찾은 고향에 대한 실망과 허무를 고백한다. 소설 속에서 주인공의 귀향은 "오로지 고향과 작별하기 위해서"였지만, 나는 작별하기 위해 고향으로 돌아온 것도, 영원히 머물기 위해 온 것도 아니었다. 그래서 더욱더 고향 집이 낯설고 어색했는지도 모른다.

이 집에서 보내는 시간이 하루 이틀 길어지면서 어쩔 수 없이 필요한 물건이 하나씩 늘어났다. 그렇다고 일산에 있는 내 짐을 이곳으로 모두 옮겨온다는 생각은 할 수 없었다. 부모님은, 서울에 있는 대부분의 오래된 동네가 그렇게 되었듯, 이 지역도 언젠가 재개발되면 어차피 옛집은 사라질 거라고 예상하셨다. 그런 상황에서, 부모님은 아파트에서 계속 생활하실 수밖에 없었고, 단지 임대를 위해 골격만 앙상하게 남은 낡은 집에 돈을 투자해 수리한다는 건 누가 봐도 무리였다. 부모님이나 나나 당시에는 내가 고향 집에서 지금처럼 살게 되리라곤 상상도 하지 못했다. 나는 단지 나만의 자유로운 공간이 필요했고, 짧게는 한 달, 길게는 석 달 정도 이곳에 머물다 일산 집으로 돌아가거나 작은 오피스텔을 얻을 계획이었으니까.

꼭 필요한 생활용품은 일산 집에서 승용차로 실어 날랐다. 노트북을 올려놓을 책상과 의자 몇 개, 작은 식탁, 잠시 앉아 쉴 소파 등 필요한 가구는 이웃 아파트 단지에서 버린 걸 가져와 썼다. 몇 달만 쓰다가 다시 그 자리에 갖다 놓으면 되니 얼마나 편리한가! 그때 나는 멀쩡한 가구가 너무 많이 버려진다는 사실에 놀랐다. 미국이나 유럽 같았으면 그 정도의 가구는 아무리 적은 액수라도 거래가 되었을 텐데. 중고 물건에 대한 선입견 때문일까? 설령 귀신이 쓰던 거라도 나는 오케이! 덕분에 굳이 아파트 단지를 뒤지지 않아도, 마치 나를 위해 누가 그곳에 갖다 놓은 것처럼 필요한 가구가 눈에 들어왔다. 어떤 경우는 상태나 디자인이 조금이라도 더 나은 걸 고를 수 있는 선택까지 주어졌다! 다양한 가구들이 멀쩡한 상태로 왜 그렇게 많이 버려지나 생각해 보았더니, 그 이유는 아파트 주민들의 잦은 이사였다. 돈을 벌어 작은 집에서 더 넓은 평수로 이사 오면서 가구를 새것으로 교체했든가 아니면 반대로, 새로 입주하는 아파트에 더 이상 둘 공간이 없어 쓰던 가구를 버려야 하는 경우. 물론 오래 써서 너무 낡거나 파손돼 버린 가구들은 나한테 간택되기에는 조금 부족했다.

부자의 기준

알랭 드 보통의 해석에 따르면, 부는 절대적인 것이 아니라고 철학자 루소는 주장했다. "부는 욕망에 따라 달라지는 상대적인 것이다. 우리가 얻을 수 없는 뭔가를 가지려 할 때마다 우리는 가진 재산과 관계없이 가난해진다. 우리가 가진 것에 만족할 때마다 우리는 실제로 소유한 것이 아무리 적더라도 부자가 될 수 있다."

당시 나는 꽤 부자였다. 루소의 기준으로 볼 때 나는, 원했던 자유로운 공간과 몇 가지 필요한 가구, 나를 따르는 애견, 오래되었지만 말썽 안 부리는 노트북, 열정을 갖고 하는 일 등 모두가 만족스러웠다.

그해 봄, 나의 첫 여행문학 수필집이 책으로 출간되면서 오랫동안 꿈꿔오던 여행 작가의 삶을 실현하고 있었다. 원고 청탁도 꾸준히 들어왔고, 각종 매체에 인터뷰도 실리고 인기 라디오 프로그램에 고정 게스트로 출연하고 있었다. 미국에서 대학원을 졸업한 직후, 여러 다국적 기업에서 남들이 부러워할 만한 매력적인 취업 제의를 받았던 것도 사실이었다. 하지만, 당시 나를 가장 행복하게 해준 건 명품 정장도, 외제 차도, 은행 계좌의 두둑한 잔고도 아닌, 앞서 언급한 몇 가지 간편한 물건과 인왕이, 그리고 자유였다. 낡은 집과 그곳에 사는 (루소의 철학에 따르면) 부자 한 사람!

시간이 흐르면서 이 집에서 느끼는 낯섦도 차츰 사라졌다. 태어나서 12년 동안 살았던 공간에 서서히 다시 적응해 가고 있었다. 의도하지 않아도, 기억 속에 남아 있는 옛 모습과 현재의 모습이 자연스레 겹치면서 많은 장면이 때로는 한 장의 사진같이, 때로는 한 편의 영상같이 떠올랐다.

'여기가 내 방이었지. 내 방 맞은편이 안방, 그리고 저기가 누나 방이었지. 맞아, 누나 방 이쪽 벽에 피아노가 있었어. 그래, 생각난다. 밖에 나가 친구들과 뛰어놀고 싶었던 나를, 어머니는 피아노 연습하라며 누나 방에 억지로 밀어 넣고 문을 닫으셨지. 그러면 나는 대개 건반을 몇 번 두드리다 말고는 운전 놀이를 했어. 초등학교 때 나의 꿈은 버스 운전기사. 그래서 차를 탈 때는 항상 운전자를 옆에서 유심히 관찰했지. 수동 기어의 차 운전석 밑에는 액셀러레이터, 클러치, 브레이크, 이렇게 세 개의 페달이 있다는 걸 이미 그때 알았어. 그리고 어느 날 연습하기는 싫고 방을 나갈 수도 없던 나는, 몸을 비비 꼬다 문득 피아노 밑에 달린 세 개의 페달을 본 거야. 그렇지! 그날 이후로 부엌에서 가져온 냄비 뚜껑은 자동차 핸들이 되고, 의자 사이에 꽂힌 장난감 칼은 기어를 바꿀 때마다 앞으로 뒤로, 그리고 세 개의 페달은 내가 밟는 대로 부지런히 움직였지. 방에서 피아노 소리가 나야 하는데 이상한 부릉부릉 소리가 났으니, 어머니는 나를 얼마나 한심한 아들이라 생각했을까!'

집의 독특한 구조

고향 집은 옥상이 평탄한 1층 슬래브 집이다. 60여 년 전 부모님이 인왕산 자락 빈터에 직접 지으신 집이다. 방이 세 개, 거실, 부엌, 화장실, 대충 이런 실내 구조를 가진 30평대의, 당시로서는 평범한 단독주택이다. 요즘 흔히 볼 수 있는 서양식 주택도 아니고 건축적으로 특이한 면은 전혀 없다. 집터 구조가 좀 특이하긴 하다. 100평이 조금 넘는 대지가 대략 절반으로 나뉘어 있는데, 정원이라 할 수 있는 앞뜰에 집 건물이 서 있고 옥상과 같은 높이에 뒤뜰이 있다. 내가 텃밭을 가꾸고 유실수를 심어놓은 뒤뜰에 가려면, 현관을 나와 계단을 올라야 한다.

주변에는 20층짜리 아파트 건물 한 동이 북쪽으로, 그리고 다른한 동이 동쪽으로 마치 병풍같이 서서 집을 내려다보고 있다. 남향과 서향은 다행히 앞에 높은 건물이 없어 멀리 홍제동 일대가 내려다보인다. 하루 종일 햇살이 비치고 서쪽으로 석양을 볼 수 있어, 서울 같은 대도시에 있는 집 치고는 전망이 괜찮은 편이다. 한강이나 남산이 바라보이는 값비싼 전망하고는 다르지만 말이다.

이 집에는 대문이 없다. 앞뜰에 아래 동네로 연결되는 작은 문이하나, 그리고 뒤뜰에 아파트 단지로 나가는 작은 쪽문이 하나 있을뿐이다. 원래는 대문이 있었고 지금도 그 흔적이 남아 있는데, 이웃아파트가 재건축 공사를 하면서 약속을 어기고 아파트 담벼락으로대문 앞을 가로막아 버렸다. 전해 들은 얘기로는, 그래서 결국 부모님이 아파트 조합을 상대로 소송까지 하게 되었고, 법원에서는 아파트 측에 단지로의 통행권을 인정하고 단지 내 주차 공간을 보장하라는 판결을 했다.

뒤뜰에서 아파트 단지로 나가는 출입구는, 법원의 판결에 의해아파트 측에서 기존에 있던 울타리를 1미터가량 절단해 만들어 준일종의 쪽문이다. 밖에서 보면 그게 문인지 아니면 아파트 울타리인지 분간이 가지 않는다. 문으로 이어지는 길도 없고 울타리 주변에 심어진 나무들 사이에 문 폭만큼의 공간이 있을 뿐이다. 아파트

Plan of Haksodo

앞마당

옥상

Apartments

텃밭

출입구

Playground

Vegetable Garden

House

Arirang TV

아파트 숲에 둘러싸인 작은 나무숲 학소도

옛집으로 돌아왔을 당시 뒤뜰 모습

측에서 법원의 판결을 이행하면서 최소한의 조처를 한 흔적이다. 나나 우리 집에 오는 손님들은 주로 이 출입문을 이용하다 보니, 이 집의 메인 게이트는 이처럼 독특한 모양을 하고 있다.

문을 열고 몇 발짝 나가면 바로 앞에 어린이 놀이터가 있고 그 너머에는 주차장, 그리고 그 뒤에 아파트 건물이 서 있다. 문을 열고 나가면, 놀이터에 있던 아이들이나 어른들이 가끔 깜짝 놀랄 때가 있다. 문의 흔적은 없는데 나무와 울타리 사이에서 한 남자가 불쑥 나타나다니, 사람들이 놀라는 것도 무리는 아니다. 그곳에 문이 있다는 사실을 모르는 대부분의 주민들은 가끔, '저것이 유령이야 불법 침입자야?'하고 의심하는 듯한 표정으로 나를 쳐다본다. '멀쩡한 대한민국 국민입니다!' 나는 대략 이런 뜻을 띤 표정으로 답해준다.

조폭으로 오해받다

고향 집에서 막 살기 시작했을 무렵, 나를 특히 경계하는 시선으로 바라보던 사람이 있었다. 바로 앞 동 아파트 경비 아저씨. 아저씨는 아마도 그곳에 출입구가 있다는 걸 알고 있었겠지만, 2년 넘게 비어 있던 낡은 집에 어느 날 갑자기 젊은 남자가 수시로 드나드는 게 의심스러웠던 것 같다. 더군다나 가끔 아파트에 버려진 가구를 가져가기도 하고, 주중인데도 대낮에 옷을 대충 입고 아침에 더

운물로 세수도 안 한 것 같은 얼굴로 돌아다니니, 아마도 나를 백수 건달 혹은 무작정 빈집을 찾아서 들어간 노숙자로 생각하는 게 분명했다. 내가 깍듯하게 인사를 몇 번 건넸는데도 아저씨의 반응은 싸늘했다. 그것도 일종의 직업병인가 싶었다.

처음 캠핑한다고 고향 집을 찾은 지 한 달 정도가 지나자 가까운 친구들이 한두 명씩 찾아왔다. 다들 처음에는 아파트 단지를 가로질러 들어오는 쪽문에서 시작해 서서히 드러나는 집의 상태와 주위 환경에 놀라다가도 곧 신기하다, 재미있다, 너라면 이런 곳에 살 수 있다(?!) 등의 반응을 보였다.

그러던 어느 주말, 지인 세 명이 놀러왔다. 두 명은 자타가 공인하는 한국 최고의 진돗개 전문가, 다른 한 명은 청담동의 유명 성형외과 원장이자 진돗개 마니아였다. 손님들은 모두 나보다는(나는 모임에서 종종 만나니까) 인왕이를 보러 온 것이었다. 인왕이는 뛰어난 혈통을 지닌 진돗개였다. 외할머니가 '창순'이란 진돗개로 한때 진도를 대표하는 암컷이었고, 모견 아비 개 모두 전문가들 사이에서 꽤 유명한 진돗개들이었다.

인왕이가 궁금했던 이들 애견가는 꼭 직접 눈으로 보겠다고 찾아왔고, 나는 아파트 주차장으로 손님을 맞으러 나갔다. 검은색 에쿠스와 빨간색 포르쉐가 도착하고, 차에서 손님과 함께 진돗개가 내렸다. 유도 선수 출신을 포함해 건장한 체구의 남자 셋, 진돗개 두 마리가 아파트 울타리 사이로 사라졌다가 몇 시간 뒤 다시 주차장에 나타났다. 차들이 출발하고 돌아서는데, 갑자기 경비 아저씨가 달려와서는 나한테 90도로 인사를 하는 게 아닌가! 나는 순간적으로 당황할 수밖에 없었다. 전날까지만 해도 내가 앞을 지나갈 때면 경계의 눈빛으로 째려보던 사람이 갑자기 왜 이러지? 도통 이유를 알 수 없어 고개를 갸우뚱하면서 집으로 돌아왔다. 다음 날도 아파트 앞을 지나는데 아저씨가 경비실에서 뛰어나와 나한테 깍듯하게 인사를 했다. 어이가 없어서 얼떨결에 "아저씨 오늘 기분이 좋으신가 봐요?" 했더니, 아저씨가 약간 긴장한 표정으로, "중요한 일 하시나 봐요?" 하면서 한쪽 주먹을 불끈 쥐어 보이는 게 아닌가. "네? 중요한 일? 어제 그 번개 모임이요?" 나는 아저씨가 착각하고 있는 '조폭'이 아니라고도 그렇다고도 말 못 하고, 조금 떨떠름한 미소를 지으며 서둘러 발길을 옮겼다.

생애 첫 번지

언젠가 내 출생신고 때의 주소가 현재 내가 쓰는 주소와 같은 걸 보고는 재미있다는 생각이 들었다. 그간 내가 살아오면서 한국 안팎에서 머물렀던 주소가 참 여러 개인데, 결국 나의 첫 번지수를 찾아온 셈이니 말이다. 태어나서 12년을 살고 떠날 때는 젊고 활기차고 아름다웠던 집이, 20년 뒤 찾아가 보니 늙고 아프고 비참한 모습으로 같은 자리에 남아 있었다. 떠날 때 철없는 어린 소년이었던

70

나는 그사이, 30대 초반의 건강하고 꿈 많은 남자로 성장해 있었다. 우리는 이렇게 서로 다른 모습으로 다시 만나게 된 것이다.

하지만 나는 사람이었고, 집은 집이었다. 나는 대학과 대학원에서 경제학과 정치학을 전공한 사람이었지, 건축학이나 인테리어를 전공한 사람이 아니었다. 집을 짓고 고치고 치장하는 데 취미는 고사하고 관심을 가져본 적도 없었다. 나는 여행을 즐기고 언제든지 빈손으로 자유롭게 떠날 준비가 되어 있는 사람이었다. "당신이 들고 다닐 수 있는 것만 소유하라"라고 한 알렉산더 솔제니친의 말이 항상 멋지다고 생각해 왔었다. 겨울이 지나고 봄이 오면 고향 집을 떠난다는 계획에는 조금도 변함이 없었다. 인왕이한테는 미안하지만 일산 아파트로 돌아가야 하고, 주워 온 가구들은 다시 제자리에 갖다 놓고, 많지 않은 생활용품은 차에 실어 언제든지 떠나면 되었다. 아파트 경비 아저씨도 다시 볼 일은 없을 것이고.

겨울이 지나고 드디어 이 집에 봄이 찾아왔다. 새로운 밀레니엄의 첫봄은 재생의 에너지를 대지大地에 일상적으로 전달했을지 모르지만, 나와 나의 고향 집에는 매우 특별한 선물이 되었다. 다시 한번 헤어질, 이번에는 아마도 영원히 다시 보지 못할 이별을 준비하던 우리는 결국, 운명적으로 함께 살게 되었다. 올해 나는 이 집에서 스물네 번째 봄을 맞았다.

소나무 아래 무늬둥글레

나무들

나무와 같은 사랑스러운 시를
나는 결코 볼 수 없으리라.
대지의 단물 흐르는 젖가슴에
굶주린 입을 대고 있는 나무.
온종일 하느님을 바라보며
기도 위해 잎 무성한 팔을 뻗어 올리는 나무.
여름 동안 머리털에
울새의 둥지를 품기도 하는 나무.
가슴에는 눈이 쌓이고
비와 함께 정답게 살아간다네.
시는 나 같은 어리석은 자들이 짓지만,
나무는 오로지 하느님만이 만들 수 있다네.

- 조이스 킬머

나무 심는 남자

장
미

내가 태어나서 처음으로 나무를 심게 된 건, 어느 날 우연히 일간지에 실린 짧은 기사를 읽고 나서였다.

죽어가는 우리 지구를 우리 손으로 직접 살립시다! 지금 내가 심는 나무 한 그루가 미래 우리 후손들에게 물려줄 수 있는 가장 큰 선물이자 동시에 우리 인간이 그동안 파괴한 자연에 진 빚을 갚을 수 있는 최소한의 성의입니다!

대략 이런 내용의 캠페인 기사를 접했다면, 아마도 별 느낌 없이 다음 기사로 눈길을 돌렸을 것이다. 나는 당시 나무에 전혀 관심이 없었기 때문이다. 나의 시선을 끌고 관심을 자극한 건 전혀 다른 내용이었다.

식목일을 맞아 나무를 무료로 나눠드립니다.
본사 홈페이지에 접속하셔서 회원 가입 후 신청하시면
1인 3그루까지 다양한 묘목을…….

공짜 나무! 신문에 실렸던 정확한 문구는 잘 기억나지 않지만, 중요한 건 나무를 '무료로' 나눠준다는 내용이었다. 살면서 공짜 식사에서부터 공짜 항공권까지 다양한 공짜의 짜릿함을 맛보았지만, 공짜 나무는 처음 접하는 뉴스였다. 당시만 해도 누가 옆에서 아는 나무의 종류를 대보라고 했다면, 아마도 실제 모습과 매치하지도 못할 흔한 나무 이름 서너 개를 더듬더듬 나열했을 나였지만, 그건 별로 중요하지 않았다. 산수유, 목련, 벚나무, 느티나무, 은행나무 등 분양한다는 나무의 종류도 내게는 별 의미가 없었다. 이 나무들이 각각 어떤 특성을 가지고 있으며, 얼마나 크게 자라고 어떤 꽃과 열매를 맺으며, 어떤 장소와 환경이 성장에 적합한지는 당시 나의 지식 영역 훨씬 밖에 자리 잡고 있었다. 오로지 중요한 사실은, 나무를 무료로 나눠준다는 것!

혹시라도 이 대목에서 나를 공짜에 목숨 거는 짠돌이로 치부하셨다면 잠깐. 나는 지금까지 세상에 공짜는 없다는 믿음으로 살아왔다. 누가 공짜라고 하면 유난히 의심이 많은 사람이다. 하지만 이건 무료 핸드폰도 아니고 무료 이용권도 아닌 무료 나무! 당시 나는 어린나무의 가격이 몇천 원인지 몇만 원인지 몇십만 원인지 감도 오지 않았고, 어디서 그런 묘목을 구입할 수 있는지도 전혀 몰랐다. 나무를 심고 싶다거나 심어야겠다고 생각했다면 여기저기 알아봐서 최소한의 정보를 알고 있었겠지만, 그때까지만 해도 나무와 나의 인생은 아프리카 마사이 부족민과 이탈리아 명품 스포츠카 페라리의 관계만큼이나 서로 동떨어져 있었다.

결과적으로, 그 나무 나눔 캠페인 기사가 나의 뇌관을 자극하여 집 마당에 나무를 심어보면 어떨까 하는, 이전에 생각지도 못했던 전혀 새로운 발상을 하게끔 도와준 셈이다. 귀향 후 맞는 첫봄이 바로 앞 귀퉁이에서 고개를 살짝 내밀 무렵이었다.

내 인생의 첫 나무

내 이름과 주민등록번호는 물론 부모님과 친한 친구들의 이름과 주민등록번호까지 빌려 묘목을 신청한 나는, 지정한 날짜에 독립문공원에 가서 묘목을 한 아름 구해 집으로 돌아왔다. 묘목 하나하나에 이름표가 붙어 있었지만, 내 눈에는 모두 약 1미터 길이의 나무 꼬챙이로만 보였다. 뿌리는 보였지만 잎 한 장 안 붙어 있는, 어른 새끼손가락 굵기의 이 꼬챙이들을 땅에 심으면 정말 나무가 되는 건가?

오는 길에 철물점에 들러 삽과 마당 수도꼭지에 연결할 적당한 길이의 고무관도 샀다. 이제 묘목을 적당히 나누어 앞뜰과 뒤뜰에 심는 일만 남았다. 어린나무들이 몇 년 후 어른 나무로 자라 멋진 숲을 이루고 있는 모습을 상상하면서 들뜬 마음으로 부지런히 삽질을 시작했다. 가끔 자기들이 땅을 파놓으면 야단을 치던 주인이 갑자기 삽으로 땅을 파는 모습이 신기했던지, 인왕이와 그사이 새 식구가 된 강아지 진돗개 구구와 서울이가 옆에서 나를 물끄러미 쳐다보았다.

열다섯 그루의 묘목이 심어질 열다섯 개의 구덩이가 다 완성되었을 때, 이마에 흘러내리는 땀을 닦다 한 가지 좋은 아이디어가 떠올랐다. 맞아, 낙엽이 좋은 밑거름이라고 했지! 나무는 뿌리를 통해 영양분을 흡수하니까 뿌리 주변에 낙엽을 잔뜩 넣어주면 좋겠군. 나는 기쁜 마음으로 지난겨울 앞뜰에 있는 단풍나무와 라일락나무에서 떨어진 잎을 모아 구덩이에 가득 채워 넣고 그 위에 흙을 덮어주었다. 물론 묘목 주위에 물을 듬뿍 주는 일도 잊지 않았다. 이제 완.벽.해!

그날 밤 잠자리에 누워 오랜만에 온 가슴으로 뿌듯함을 느꼈다. 공원이나 수목원에서 볼 수 있는 멋진 나무로 성장할 나의 묘목들을 생각하면서, 새 식구들의 탄생을 자축하면서 설레는 마음으로 잠이 들었다.

다음 날 아침, 눈을 뜨자마자 앞뜰로 나갔다. 전날 정성스럽고도 자랑스럽게(!) 심은 어린나무들이 밤새 잘 있었는지 궁금했다. 어, 그런데…… 분명 앞뜰에 묘목 여덟 그루를 심었는데 그중 여섯 그루는 내가 또렷이 기억하는 장소에 없었다. 그럴 리가…… 설마 나무가 혼자 도망갔을 리도 없고 밤새 누가 훔쳐 갔을 리도 없고…… 밤새 내 눈에 혹은 내 기억력에 문제가 생긴 건가?

"아악! 안 돼!"

나도 모르게 슬프고 고통스러운 괴성을 지르고 말았다. 뜰 한쪽에서 구구와 서울이가 묘목의 끝을 한 쪽씩 입에 물고 힘겨루기하는 모습이 눈에 들어온 것이다. 급히 둘러보니 하늘을 향해 건강하게 서 있어야 할 묘목들이, 앞뜰뿐 아니라 뒤뜰에도 여기저기에 마치 나무에서 잘려 떨어진 가지처럼 누워 있었다. 그중엔 뿌리째 뽑힌 것도 있었고, 뿌리 바로 윗부분이 잘린 것도 보였다. 나의 아름다운 상상과 희망이 한 번에 물거품이 되어버리는 순간이었다. 미래의 나의 멋진 나무들과 꽃, 열매들은…….

화가 나서 얼굴을 붉히고 고래고래 소리 지르는 내 앞에 와서 입에 묘목을 물고 꼬리를 흔드는 녀석이 있었다. 새로운 장난감이 질렸는지 바닥에 내려놓고 밥 달라고 자기 밥그릇을 핥는 녀석도 있었고, 내가 아침부터 왜 화를 내는지 모르겠다는 표정으로 엎드려 나를 물끄러미 쳐다보면서 싱싱한 묘목을 계속 씹고 있는 녀석도 있었다. 오 마이 갓! 오 나의 진돗개 녀석들!

나무를 만나는 행운

그해 봄, 나의 새로운 나무 심기 프로젝트가 그 정도로 처참하게 끝난 건 아니었다. 나는 즉시 남은 묘목 주위에 벽돌을 쌓거나 못 쓰는 의자 등 주변에 사용할 수 있는 모든 도구를 동원해 멍멍이들이 접근하지 못하도록 보호막을 쳤다. 확실히 효과가 있었다. 살아남은 나머지 묘목들은 그 이후로 멍멍이들의 공격을 받지 않았다. 그런데 또 다른 문제가 생겼다. 4월이 지나고 5월이 되어도 묘목의 절반은 새잎이 한 장도 나오지 않고 점점 말라갔다. 나머지 절반도 그리 건강해 보이지 않았다. 매일 열심히 물도 주고 멍멍이들이 분비한 거름도 듬뿍 주었지만, 어린나무들은 대부분 살아날 기미가 보이지 않았다.

그러던 차에 서점에서 사 온 나무 관련 책에서 문제점을 깨달았다. 처음 나무를 심을 때 뿌리 주변에 잔뜩 넣어준 낙엽이 원인이었다. 낙엽은 썩으면서 열을 발산하는데, 그 열이 나무뿌리에, 말하자면 화상을 입힌 것이다. 이런, 갓난아기 얼굴 옆에 뜨거운 난로를 붙여놓았다니!

멍멍이들이 자연을 사랑하리라곤 기대하지 않았지만, 불쌍한 어린나무들이 뿌리에 화상을 입고 죽어가는 사이, 나 혼자 선량한 마음으로 감동하고 있었다니! 선무당이 사람 잡는다 고 했던가. 도시에서 평생을 살아온 무식한 내가 바로 그 꼴이었다.

84

그 이후로 나는, 인재^{仁齋} 강희안의 『양화소록』을 포함해 나무와 식물에 대한 책을 수십 권 사서 읽고 인터넷 검색을 하면서 조금씩 무지에서 벗어났다. 세상에는 내가 상상도 못했던 수많은 종류의 나무와 꽃과 풀 들이 존재했다. 점입가경^{漸入佳境}이라고 했던가. 그 하나하나의 이름, 특성, 꽃과 잎 모양에 대해 배우고 관찰하는 재미에 깊이 빠져들었다. 물론 나는 전문가도 아니고 마니아 수준도 아니다. 단지 시간 날 때 틈틈이 취미로 식물들에 관해 공부하는데, 그 즐거움은 실제로 해보지 않은 사람은 모를 것이다.

사람들이여! 식물에 대하여 관심을! 식물에 관심을 가지면 식물이 보이고, 식물이 보이면 식물을 알고 싶어지고, 식물을 알게 되면 식물을 좋아하게 되고, 식물을 좋아하게 되면 식물을 사랑하게 되고, 식물을 사랑하게 되면 식물을 보호하게 됩니다.

지하철역을 지나다 어떤 생태사진 전시회 포스터에서 본 글귀인데, 전적으로 공감이 가는 말이다. 비록 나의 무료 묘목 심기 프로젝트는 참담하게 실패했지만, 내가 식물에 처음 관심을 두는 계기가 되었다. "사람보다 먼저 사람의 자리에 살아왔고 사람과 함께 사람보다 더 오래 살아가는 나무이지만, 요즘 사람들에게는 나무를 바라볼 시간이 너무 없습니다"라는 어느 나무 전문가의 개탄처럼, 나 또한 그전까지 나무를 바라볼 시간도 관심도 없었던 게 사실

학교도 텃밭에서 태어난 길냥이들

학소도 앞마당에서 태어난 딱새

이었다. 살면서 분명 셀 수 없이 많은 나무를 스쳐 지나갔을 텐데, 내 기억에 남아 있는 나무는 어릴 적 타잔 놀이를 하며 오르내리던 뜰 한편의 아카시나무밖에 없었다. 길가, 공원, 산, 대학 캠퍼스, 집 주변에서 만났던 그 많은 나무는 나에게 모두 그냥 나무일 뿐이었다. 지나가다 멋진 나무나 화려한 꽃이 있으면 옆에서 기념사진은 찍어도, 대부분의 경우 그 식물의 이름도 모르는 채 지나쳤다.

그러나 고향 집에 살면서 모든 게 변했다. 나무의 종류에 대해 조금씩 알게 되고 또 내가 키우고 싶은 나무를 선택할 수 있게 되면서, 봄이면 나무 식구가 하나둘 늘어났다. 멍멍이들도 그런 나무들을 가족으로 받아들였는지, 그 이후로 묘목을 해치는 일은 다시 하지 않았다. 지금은 살구, 매화, 오디, 감, 보리수, 사과, 앵두, 자두, 모과, 블루베리, 초크베리 등의 유실수를 포함해 황금측백, 안개나무, 무궁화, 목련, 소나무, 향나무, 단풍나무, 수국, 박태기나무, 동백나무, 이팝•조팝나무, 말발도리, 자귀나무, 산수유, 능소화, 배롱나무 등 수십 종류의 나무들이 이 집에 산다. 그리고 갖가지 화초들이 나무들 사이에서 자란다. 옛집은 어느덧 작은 숲속의 섬이 되었고, 자연과 호흡하고 자연과 함께 매일 변해간다.

전 재산을 털어 천리포 수목원을 조성했던 고(故) 민병갈 원장의 철학은, "수목원의 주인은 사람이 아닌 나무"였다. 나는 존경스러운 민 원장의 열정을 감히 흉내도 낼 수 없지만, 그의 나무 사랑 정신을 내 방식대로 실천하려고 노력한다. 한번 심은 나무는 웬만하

면 옮겨 심지 않고, 앞뜰의 느티나무나 뒤뜰의 단풍나무처럼 씨앗
이 날아와 나무가 되어 자라면 그 나무의 운명과 이 집과의 인연을
존중해서 그냥 놔둔다. 내가 그 나무를 직접 심었다면 그 자리에 절
대 심지 않았겠다 싶을지언정.

　나무는 늙고 지치고 외로워 보이던 나의 고향 집을, 활기차고 풍
요롭게 해주었다. 나 또한 나무를 만나고 함께 생활하면서, 추상적
으로 여기던 자연을 피부로 느끼게 되었다. 나무와 잎을 쓰다듬고
마음속으로 대화를 나눈다. 그 침묵 속의 대화는 내가 읽은 어떤 책
보다도 많은 철학과 삶의 본질을 나에게 가르쳐준다. 나무는 또한
나에게 꾸밈없는 아름다움과 진정한 예술이 무엇인지도 끊임없이
보여준다. 법정 스님이 법문을 마무리하며 가끔 "나머지 이야기는
피어나는 저 나무와 꽃들에게서 들으시라"고 했던 까닭을 조금은
이해할 수 있을 것 같다.

"정원과 도서관이 있다면 필요한 모든 것을 갖춘 셈이다."

- 키케로 (기원전 106~43년)

"If you have a garden and a library, you have everything you need."

—Marcus Tullius Cicero (BC 106~43)

육체노동의 즐거움

"말로는 사촌 기와집도 지어준다"라는 속담이 있다. "말로는 천
당도 짓는다"도 같은 의미의 다른 속담이다. 말로 하기는 쉬워도
행동으로 옮기기는 어려움을 강조한 비유일 텐데, 나는 선배가 무
심코 내뱉은 말에 운명이 바뀌는 경험을 했다. 그 선배는 말로 나의
'집'과 '천당'을 지어준 셈이 되었으니……

때는 3월 중순, 고향 집으로 돌아와 첫봄을 애타게 기다리고 있
을 무렵이었다. 대학 선배가 주말에 놀러 왔다. 평소에 농담 잘하고
말투가 좀 특이한 이 선배와 나 사이에 대략 이런 대화가 오갔다.

"여기 무슨 아틀리에 같다. 여기서 지낸 지 얼마나 됐나?"

"한 3개월 됐어요."

"춥진 않나?"

"이 석유난로도 있고, 낮에 뜰에서 마른나무로 불장난도 해요."

"밥은 어떻게 먹냐?"

"밖에 나가서 먹거나 시켜 먹거나 라면 끓여 먹거나."

"이런 곳까지 배달도 오냐?"

"중국 음식은 거실까지 배달 오는데, 다른 메뉴는 아파트 주차장으로 마중 나가야 해요. 출입구를 못 찾으니까."

"아까 들어오던 그 쪽문이 이 집 대문이냐? 다른 출입구는 없어? 그 쪽문은 귀신도 못 찾겠던데."

"요기 앞마당 구석에도 문이 하나 있어요. 그리로 나가면 지하철 3호선 홍제역이 가까워요."

"언제쯤 하산하려고? 여기 무슨 오래된 인왕산 산장 같은데……."

"글쎄요. 짧으면 2주, 아마 한 달 안에는 여길 떠날 거예요. 가져온 일도 대충 다 끝나가고…… 이제 다시 문명인으로 살아야죠."

"왜, 여기 계속 있지 그래? 공기도 맑고 마당도 꽤 넓은데."

"에이 형, 이런 데서 어떻게 계속 살아요? 형 같으면 여기서 살 수 있겠어요? 여자친구 생기면 이런 상태로 집에 초대할 수 있겠어요?"

"난 못 살지. 단 하루도 못 살지. 여자친구 오면 충격받지. 이미지에 큰 타격 받지. 그럼 집수리하면 되잖아?"

"글쎄요…… 생각해 본 적 없는데. 이렇게 낡은 집을 수리한다고 되겠어요? 돈도 많이 들 테고. 차라리 집을 허물고 아예 새집을 지으면 모를까."

"별로 안 어려워. 직접 하면 돈도 얼마 안 들걸? 내 와이프가 인테리어 하잖아. 그래서 내가 좀 주워들은 게 있거든. 도와줄 게 한 번 해볼래? 여기 벽에 페인트칠하고, 바닥에 타일 깔고, 창문 좀 바꾸고, 조명 바꾸고…… 뭐 그 정도만 해도 지낼 만하겠는데! 다음 주말에 하자구. 피자파티를 빙자해서 친구 몇 명 불러라!"

페인트에 P 자도 모르던 나는, 선배의 말을 믿고 4월 1일(지금도 날짜를 정확하게 기억한다!) 친구 셋, 또 다른 선배 부부, 후배 한 명, 이렇게 여섯 명을 '피자파티를 겸한 낡은 집 페인트 행사'에 초대했다. 정오쯤 초대한 '선수들'이 다 도착했는데, 정작 아이디어를 제안하고 우리가 모두 의지해야 하는 그 선배는 나타나지 않았다. 전화 연락도 안 되고, 피자를 다 먹고 서둘러 페인트칠을 시작해야 하는데, 선배는 그날 끝내 모습을 보이지 않았다!

"야, 어떻게 된 거야? 그 선배는 왜 안 와?"

"그걸 내가 어떻게 알아. 그나저나 페인트칠해 본 사람? 실내 벽에 어떤 페인트를 어떻게 칠해야 하는지 아는 사람?"

침묵.

"페인트보다 회벽이 어때? 왜 카페 같은 데 가면 울퉁불퉁한 벽 있잖아."

"그건 뭐로 칠하는데? 공사하는 거 본 적 있어?"

"아니."

"다음에 네 선배 오면 그때 하면 어떨까? 뭘 조금이라도 아는 사람이 있어야 하든지 말든지 할 거 아니야."

"야, 그래두 오늘 이렇게 다 모였는데 일단 동네 페인트 가게에 가보자. 주인아저씨한테 물어보지, 뭐."

대충 이런 예기치 못한 상황이 벌어졌다. 요즘 같으면 인터넷이나 스마트폰으로 당장 관련 정보를 검색했겠지만, 그 당시는 인터넷이 지금처럼 보편화돼 있지 않은 데다 스마트폰은 고사하고 일반 핸드폰도 흔하지 않을 때였다. 우리가 스마트폰 환경 속에서 생활한 게 수십 년같이 느껴지지만, 실은 겨우 10년 조금 넘는다는 사실에 나는 가끔 놀란다.

가게 앞을 몇 번 지나다녀 위치를 알고 있는 동네 페인트 가게로 갔다.

"안녕하세요, 사장님? 저…… 그…… 집 벽에 페인트칠하려고 하는데요, 뭘 칠해야 하죠?"

"실내 벽이요, 외벽이요?"

"거실하고 방이요. 아, 그리고 회벽을 칠하려고 하는데, 그런 거 있나요?"

이렇게 시작한 대화는 결국 30분이 넘는 주인아저씨의 즉석 강의가 되고 말았다. 우리가 왕초보자라는 걸 바로 눈치챈 아저씨는,

자상하게 기본적인 내용들을 설명해 주었다. 가게에서 나올 때 친구와 나는 흰색과 노란색 페인트, 핸드코트, 롤러, 붓, 고무헤라, 마스킹 테이프, 방진 마스크, 면장갑까지 페인트 작업에 필요한 모든 도구를 갖추고 집으로 향했다. 물론 주인아저씨의 강의 내용이 담긴 메모지도 잘 챙겼다.

정신노동자들의 페인트칠 소동

우리가 집에 도착하자 기다리던 친구들이 다들 놀라는 표정을 지었다.

"뭐가 이렇게 많아!"

질문도 마구 쏟아졌다.

"이게 페인트야?" "이 테이프는 어디에 쓰는 거야?" "이게 롤러라는 거야?" "이 핸드코트로 회벽 칠하는 거 맞아?"

메모지를 참고한 나의 오리엔테이션이 끝나자 각자 거실 벽 한 면씩 맡아 회벽을 칠하기 시작했다. 그날 함께 작업하던 선배는 의사였고, 친구 중에는 교수, 기자도 있었는데 나와 마찬가지로 그때까지 평생 그런 일을 해본 적도, 심지어 옆에서 구경해본 적도 없는 사람들이었다. 그렇다 보니 거실이 갑자기 시끄러워졌다. 처음에는 다들 신기한지 여기저기서 장난기 섞인 목소리가 들려왔다. 이렇게 하는 게 맞느냐는 둥, 생각보다 쉽다는 둥, 페인트칠에 소질

DALL · E2 gene

이 있다는 둥……. 그러다 한동안 맡은 일에 몰두하느라 조용한가 싶었는데, 얼마 못 가 불평이 쏟아지기 시작했다. 팔이 저린다, 허리가 아프다, 아무래도 망친 것 같다, 인건비가 비싼 사람을 이렇게 막 부려도 되느냐……. 그때 내가 친구들에게 약간은 미안한 마음으로 던진 멘트는 이러했다. "예술과 봉사활동을 동시에 한다고 생각해!"

지금 그때의 장면을 떠올리면 웃음이 절로 나온다. 마치 어른들이 놀이방에서 페인트로 장난치는 것 같았으니 말이다. 그날 각자가 맡은 거실 벽면을 끝내고 벽 한쪽에 이름과 사인을 남겨달라고 부탁했는데, 얼마 전 내가 가구를 옮기고 거실 벽을 다시 칠하면서 보니 여러 이름, 날짜, 사인이 아직 선명하게 남아 있었다. 참 소중하고 고마운 추억이다.

그날 저녁 친구들이 떠나고 혼자 거실을 둘러보는데, 마치 다른 집 거실에 온 착각이 들 정도로 분위기가 달라져 있었다. 벽에 흰색으로 칠만 했을 뿐인데, 참 놀라웠다. 너무 신기했다. 와, 세상에 이렇게 재미있는 일이 있었구나! 아마 집에서 페인트칠을 해본 사람은 내 말을 이해할 거다. 자기 집을 칠하는 건 노동이 아니라 일종의 예술이다! 영문학자 고(故) 장영희 교수는 시인을 "바람에 색깔을 칠하는 사람"으로 표현했는데, 시인이 못 될 바에야 집에 색깔을 칠하는 것만으로도 예술가 흉내는 충분히 낼 수 있다. 더불어 창의의 즐거움도!

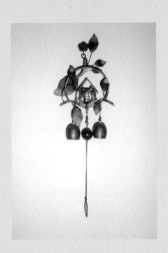

문지르고 고치고 때우고 밝히다

육체적 노동의 즐거움을 난생처음 맛본 나는, 그날부터 4월 마지막 날까지 꼬박 한 달을 이 새롭고 재미있는 DIY^{Do It Yourself}의 세계에 푹 빠져 살았다. 다음 날 각 방을 칠하는 것으로 시작해서, 서울 청계천과 을지로를 누비며 마음에 드는 조명을 사다가 달고, 필요한 공구들도 구입해다 써보고, 거실 바닥에 깔 타일도 골랐다. 물론 전기공사라든지 타일공사 같은 건 전문가의 도움을 받았다. 자기가 사는 집을 자기 손으로 직접 고치고 꾸민다는 게 얼마나 큰 즐거움인가를 나는 그때 처음 깨달았다.

'몰입의 심리학자' 미하이 칙센트미하이 박사에 의하면, "행복은 돈이나 권력으로 얻을 수 있는 것도 아니다. 행복은 의식적으로 찾는다고 해서 얻어지는 것은 아니다. 철학자 밀은 '너 스스로에게 지금 행복하냐고 물어보는 순간, 행복은 달아난다'라고 말했다. 행복은 직접적으로 찾을 때가 아니라 좋든 싫든 간에 우리 인생의 순간순간에 충분히 몰입하고 있을 때 온다."

그 한 달 동안 집안 공사를 하면서 나는 행복하게 몰입할 수 있었다. 정말 우연히 찾아온 행복이었다. 집 안 구석구석을 칠하고, 문지르고, 닦고, 붙이고, 떼고, 박고 하면서 왠지 모르게 집과 친해지고 있다는 느낌이 들었다. 누구와 친하다는 건 그 사람에 대해 그만큼 많이 안다는 뜻이다. 나는 처음으로 집을 손으로 어루만지고, 고장 난 기능을 고쳐주고, 상처 난 곳을 실리콘으로 때워주고, 찌든 때를 벗겨주고, 헐벗은 곳을 페인트와 타일로 덮어주고, 환한 조명으로 밝혀주었다. 내가 의식하지 못하는 사이, 집은 즉각 큰 기쁨으로 보답했다. 나는 더 건강해지고, 멋져지고, 밝아지고 있었다. 우리가 사랑에 빠질 때 사랑하는 사람에게 정신없이 몰입하게 되고, 자기도 모르는 사이에 행복해지고, 예뻐지고, 웃음으로 얼굴이 해맑아지는 것과 같이.

물론 집을 수리하고 고치는 육체적 노동이 몰입의 즐거움을 준다는 의미로 사랑에 비유한 것이지, 육체노동 자체를 사랑에 비유하려는 의도는 없다. 사실 육체노동을 주업으로 하는 사람이 아닌 경우, 학교에 다닐 때와 마찬가지로 평생 직장생활을 하면서도 책상 앞에서 대부분의 시간을 보낸다. 나도 그런 정신노동자 중 한 명이다. 대신 사람들은 운동이라는 걸 한다. 그런데 닦고 쓸고 붙이고 칠하는 등 집안에서 하는 육체노동은 운동과는 또 다른 쾌감을 준다. 우리는 운동 직후 느끼는 순간적 쾌감을 안다. 집안 노동은 오랫동안 그 쾌감을 즐기고 감상할 수 있다. 그것은 집이 우리가 흘린 땀을 기억하고 보답해 주기 때문이다.

누구나 나처럼 육체노동의 즐거움을 알게 되면 땀 흘리며 노동하는 이웃을 존중하게 될 것 같다. 망치와 톱과 롤러를 손에 쥐고 자기가 사는 집을 위해 직접 땀을 흘려보면, 그 땀의 가치를 조금이나마 이해할 수 있다. 삽과 호미를 손에 쥐고 흙을 일궈보면, 농부의

Prague ne nous lâchera pas... La petite mère a des griffes... Kafka

마음을 조금이나마 이해할 수 있다.

　지금 내가 살고 있는 집 거실에는 바닥과 천장을 잇는 특이한 기둥이 하나 서 있다. 지름 약 30센티미터 굵기의 둥근 이 기둥에는 다양한 모양의 타일 조각이 박혀 있다. 집을 방문하는 손님들은 하나같이 이 기둥에 대해 궁금해하고 심지어 예술작품으로 오해하는 사람들까지 있다. 부모님께 전해 들은 바로는, 집 지을 당시 기둥 옆으로 벽을 쌓았다가 너무 답답해 보여 벽을 다시 허물어달라고 미장이들에게 부탁했다고 한다. 미장이들은 벽 전체를 허무는 대신, 자발적으로 벽의 30센티미터를 남겨 둥글게 다듬고 예쁜 타일을 붙였다. 그렇게 해서 이 멋진 기둥이 지금도 거실 한가운데 남게 되었고, 나는 이 기둥을 보면서 그들의 장인 정신, 프로 정신을 느낀다.

"슬픈 진실이지만, 우리는 사물에 사랑스러운 이름을 붙이는 능력을 잃어버렸
다."

- 오스카 와일드

"It is a sad truth, but we have lost the faculty of giving lovely names
to things."

— Oscar Wilde

집에 이름을 지어주다

자귀나무꽃

내가 지금 살고 있는 고향 집의 당호^{堂號}는 학소도^{鶴巢島}다. 역사책에 나오는 유명한 선비가 살던 집도 아니고, 유서 깊은 건축의 걸작품도 아닌 평범한 단독주택에 무슨 이름까지 있나 할 텐데, 사실 나도 처음에는 그렇게 생각했다. 내부 공사가 끝나고 뜰에는 나무가 조금씩 자리를 잡아 갈 무렵, 집에 들른 아버지가 소주잔을 기울이다 문득 제안하셨다.

"이 집에 당호를 하나 짓는 게 어떨까?"

"여기가 오래된 한옥도 아니고…… 지금이 21세기인데 집에 무슨 이름을 붙여요."

"좀 거창한가? 그래도 네가 태어난 곳이고 지금도 이렇게 살고 있으니, 너와는 인연이 깊은 집인데…… 학소재 어때? 학 학 자에 새집 소, 집 재."

"무슨 뜻이에요?"

"학의 둥지가 있는 집. 내가 네 태몽으로 학 꿈을 꾸었잖아. 학은 원래 철새니까 너처럼 전 세계를 떠돌아다니다 이제 둥지를 틀고 정착한 집이란 의미가 어울리지 않아?"

"'재' 자보다는 섬 '도' 자 어때요? 여긴 그냥 집이라기보다는 도시 속의 작은 섬 같은 느낌이 들어요."

"학의 둥지가 있는 섬? 그것도 괜찮네……."

그날 아버지와 나눈 당호에 대한 대화는 거기까지였다. 나는 여전히 집에 이름을 짓는 건 올드패션 혹은 생뚱맞은 발상이라고 믿었다. 그 뒤로 2년가량 시간이 흘렀다. 내 인생에서 가장 슬픈 순간을 경험하기까지. 건강하셨던 아버지가 급성 폐렴으로 갑자기 돌아가셨다. 아들 노릇 한번 제대로 하지 못했던 장남인 나와 어머니, 그리고 누나를 남겨두고 그렇게 차갑게 세상을 뜨셨다.

이제는 수화기 너머로 아버지의 목소리조차 들을 수 없다는 사실을 받아들이는 데는 참 많은 시간이 필요했다. 일산 집에 있던 아버지의 서재에서 멍하니 앉아 있는 시간은 많았지만, 그곳에 있는 책 한 권, 펜 한 자루 건드릴 수 없었다. 드디어 어느 날 용기를 내어 아버지의 유품을 정리하다가, 여러 장의 화선지에 직접 붓글씨로 쓰신 '鶴巢島' 세 글자를 발견했다. 오래전에 아버지와 처음이자 마지막으로 나누었던 당호 이야기를 까맣게 잊고 있었던 건 나였고,

아버지는 학소도를 계속 마음에 품고 계셨었다는 사실을 알게 되었다. 열 장 남짓한 화선지 중 가장 당신 마음에 드셨는지 유일하게 낙관이 찍힌 한 장이 있어, 그것을 조심스럽게 말아 인왕산 자락으로 가져왔다.

아버지에게 받은 선물

내가 어릴 적 아버지와 마주 앉아 붓글씨를 처음 배우던 바로 그 거실에 지금 학소도 편액이 걸려 있다. 아버지는 내가 태어났을 때 '평범한 돌'이라는 뜻의 범석凡石이란 이름을 나에게 선물하셨는데, 떠나시면서 또 하나의 소중한 선물을 나를 위해 남겨두셨다. '학의 둥지가 있는 도시 속의 섬'. 내가 태어나고 지금도 살고 있고 앞으로도 가능한 한 오랫동안 살게 될 집의 이름.

나는 먹물로 쓰인 붓글씨 세 글자를 올려다보며 아버지의 인생을 기억한다. 동시에 나의 운명을 확인한다.

'학鶴' 자는 하나의 생명체로서 내가 세상에 태어났음을 상징한다. 그 생명의 시작은 아버지와 어머니의 만남이고 결합이었다. 두 사람의 사랑이었고 자식을 위한 희생이었다. 새는 자연의 일부이고 인간인 나 또한 자연의 일부다. '소巢' 자는 오랜 세월이 지나고 내가 고향의 품에 다시 안길 수 있었던 둥지다. 나뭇가지와 풀잎과 깃털을 하나하나 모아 둥지를 새로 지을 수 있었던 나무다. 나는 그

나무 위에 있는 둥지에서 태어나 세상을 향해 떠났다가 다시 돌아와, 나의 둥지를 지었다. 이 나무에서, 학소도에서 내가 미처 몰랐던 아버지를 본다. 끝없는 현실의 유혹과 재개발의 공격으로부터 고향 집을 끝까지 지켰던 아버지의 고집을. 공룡같이 솟아오른 주변의 고층 아파트 건물들로부터 우리 가족의 추억이 고스란히 담긴 옛집을 끝까지 보호하려 했던 아버지의 사랑을. 나는 지금 인구 천만이 넘는 세계적인 대도시 서울에서 나만의 작은 섬 아닌 섬을 가꾸고 지키며 살아가고 있다.

"이름이 담고 있는 게 무엇인가? 우리가 장미라고 부르는 것은, 결국 다른 이름을 붙여도 똑같이 달콤한 향기가 나잖아. 그러니 로미오라 불리지 않더라도 결국 로미오는 로미오일 텐데."

셰익스피어의 비극적인 사랑 이야기 『로미오와 줄리엣』에서 줄리엣이 발코니에 혼자 서서, 사랑하는 로미오가 하필 자기 집안과 오랜 원수지간인 몬테규 가문 사람이라는 사실을 한탄하는 장면이다.

인간은 누구나 태어나면서 이름을 갖게 되고 대부분은 평생 그 이름으로 불린다. 이름이 그 사람의 운명을 좌우한다고 믿는 이도 있지만, 철수든 수철이든 영철이든 간에 편의상 그 사람을 부르기 위해선 이름이 필요하다. 인간과 마찬가지로 강아지도 주인이 작명해 준 이름을 갖게 된다. 주위 사람들에게 반려견 이름을 짓게 된

구구 & 학순이

보너 Bonner

배경을 물으면, 준비된 답이 항상 있다. 복스럽게 생겨서 복실이, 운이 좋아지라고 풍운아, 독일 개라고 괴테, 존경하는 미국 대통령 이름을 따서 케네디 등 그 이름을 지은 이유가 아주 다양하다. 어떤 사람은 장난삼아, 자신이 키우는 세 마리의 애견을 각각 초복이, 중복이, 말복이라고 지었다나.

한 가지 재미있는 사실은, 한국 토종견인 진돗개는 외국 이름이 어울리지 않는다는 것이다. 그래서 그런지 진돗개의 이름 중에 우리말 이름이 아닌 것은 찾아보기 힘들다. 백곰, 산돌, 똑순이 등 뭐랄까, 된장 냄새가 풍기는 이름이 더 잘 어울린다. 통일을 염원하는 마음에서 한국의 또 다른 토종견 풍산개와 진돗개를 교배시켜 낳았다는 수컷은 이름이 통돌이, 암컷은 통순이다. 진돗개 전람회에 가보면 이름 때문에 가끔 관객들의 폭소를 자아내는 일이 벌어진다. "다음은 깜견, 깜견 입장하세요" "왕발이, 왕발이가 유견 A조 우수견으로 선발되었습니다. 축하드립니다" "깡돌이와 깜찍이를 찾습니다. 깡돌이와 깜찍이."

우리 토종견 진돗개는 역시 진돌이나 이쁜이 같은 한국어 이름이 잘 어울린다. 로빈이라든가 니코 같은 외국 이름은 한복 윗도리에 양복바지를 입혀놓은 것같이 어색한 느낌이 든다.

내 어린 시절에만 해도 우리 집들에는 당호는 아니더라도 애칭이 많았다. 아, 네가 그 버드나무집 아이구나? 동네에 오셔서 붉은벽돌 집 물어보면 다 알아요. 계단 끝 코스모스 집에 사시는군요? 등

나무집에 자장면 셋! 시골 동네가 아니라 서울 얘기다. 이렇게 정감 가는 애칭들은 어느 사이엔가 사라지고 화려한 브랜드로 대체됐다. 자이, 캐슬, 뷰, e-편한세상, 래미안, 힐스테이트, 푸르지오, 더 샵…… 왜 이렇게 이름들이 어려운지. 물론 사랑에 빠진 줄리엣은 이름이 뭐 그리 중요하냐고 하겠지만, 내가 만약 셰익스피어의 줄리엣을 만난다면 이렇게 얘기할 것 같다.

"맞아요, 이름은 그저 이름일 뿐이죠. 당신은 로미오의 이름이 어글리였어도 그를 똑같이 사랑했을 거라 저는 믿어요. 당신은 인간의 본질을 무엇보다도 중요하게 여기니까요. 당신이 살았던 16세기와는 달리 21세기를 살아가는 사람들은 이름에 지나치게 집착하는 경향이 있답니다. '브랜드'라고, 물건에도 고유 이름을 붙여 광고하지요. 심지어 사람들이 집단거주하는 높은 건물의 아파트라는 집에도 거창한 이름을 붙여 자랑한답니다. 서로 자기 이름의 아파트가 더 좋다고 경쟁하지요. 집의 본질적인 내용과 의미는 별로 중요하게 여기지 않아요. 재미있죠?"

오늘날 한국의 아파트 브랜드들은 이름보다 더 화려한 '아파트 철학'을 앞다퉈 내놓는다. 가끔은 그 표현이 너무 현란해, 어려운 철학책을 읽는 것보다 더 어렵다.

고객이 편안하고 여유로운 공간에서 생기 있게 진정한 웰빙과 쾌적한 삶을 향유할 수 있도록, 친환경 요소와 첨단 기능 요소를 조화롭게 더한

세련된 공간과 품위 있고 섬세한 서비스를 제공함으로써 아파트라는 주거 공간을 한 차원 업그레이드된 생활문화 공간으로 만들어 가고 있습니다.

햇살을 심다, 바람을 심다, 숲을 심다, 공원을 심다. 아파트는 짓는 것이 아니라 심는 것이다.

아파트는 하나의 공간을 똑같은 여러 개로 나누는 것이 아니라 서로 다른 자기만의 공간을 더하는 것이다.

아파트는 사람들의 생활을 하나의 색으로 맞추는 것이 아니라 자기만의 색으로 채워가는 곳이다.

집이란 공간 그리고 개성

대한민국에서 아파트는 국민 대다수를 지배하는 현실이 되었다. 일부 사람들에게는 심지어 절박한 현실로 다가오기도 한다. 또한 인간은 타인에게 인정받고 싶은 본능이 있다. 남이 알아주는 명품을 소유하고 소비하려는 욕망은 개인의 자유이자 취향이다.

나는 학소도에서 생활하기 전까지 마음에 드는 옷은 돈 주고 사 입는다는 생각만 했지, 내가 원하는 옷을 새로 만들거나 수선해서 입는다는 생각은 미처 하지 못했다. 어느 건축가의 말마따나 "집이란 그것 자체의 존재보다 그 안에서 일어나는 어떤 풍요로움으로 완성되는 공간"이고, 그 공간을 얼마만큼 자유롭고 개성 있게 꾸며 나가는가는 전적으로 그곳에 사는 사람의 몫이다. 내가 학소도에서 살면서 얻은 작은 깨달음이다.

"자기 집에서 자신의 세계를 가지고 있는 사람보다 더 행복한 사람은 없다." 독일의 대문호 괴테가 한 말이다. 나는 이 구절을 처음 접하고는 공간이란 단어를 떠올렸다. 지구도 하나의 공간이요, 집도 하나의 공간이다. 인간은 모두 다양한 공간 안에서 살아간다. 그 중에서 집은 가장 친숙하고 사적인 공간이다. 내가 그 안에서 무엇을 하든 간섭받지 않고 최소한의 자유를 보장받는다. 회사 로비에 걸린 그림 액자는 내 마음대로 바꿀 수 없지만 내 방, 내 거실에 걸린 그림은 내 마음대로 선택할 수 있다.

내 집이라는 공간 안에서 나는 개성을 자유롭게 표현할 수 있다. 고고학자들이 발굴해 내는 원시인들의 유물만 보더라도 창의력이 인간의 본능임을 알 수 있다. 그런 본능이 집 밖에서는 억압되고 통제되더라도 집 안에서는 자유롭게 표출될 수 있어야 한다. 집 밖에서는, 대하기 불편한 사람과도 함께 지내거나 심지어 친해져야 할 때도 있다. 그리고 그건 누구에게나 스트레스다. 내가 그 사람이 필요하고 현실적으로 가까이할 수밖에 없다면, 그건 어쩔 수 없는 현실이다. 하지만 집에 와서는 쉬고 싶다. 스트레스를 풀어야 한다. 세상에서 가장 사적이고 친숙한 공간인 집에서 쉴 수 없다면, 우리

120

는 어느 공간에서 온몸의 긴장을 풀고 잠시만이라도 과거를 돌아보며 미래를 꿈꿀 수 있겠는가?

많은 사람이 '개성의 시대'를 외친다. 개성은 뭘 의미할까? 조금 독특한 유행을 따라가는 것이 개성인가? 카탈로그를 보고 인테리어 옵션을 선택해 공사가 끝나면 개성 있는 집이 되는가? 남의 눈치 안 보고 과감하게 행동하는 것이 개성인가? 나는 개성이 있으려면 자아가 분명해야 한다고 생각한다. 자기 자신을 먼저 잘 알고, 자신이 마음속 깊이 원하는 게 무엇인지 인지해야 한다. 남을 의식하지 않고 남한테 피해만 주지 않는다면, 자신이 진정으로 원하는 자유로운 행동과 표현이 진정한 개성이다.

19세기 레오 톨스토이는 『안나 카레니나』에서, "내가 누구인지, 그리고 왜 여기 있는지 알지 못한다면, 삶이란 불가능하다"라고 말했다. 미국 사회학자 피터 버거는 "오늘날의 인간은 전체 속에 개체성을 잃고 구조 속에서 개인을 상실하고 있다"라고 얘기한다. 프랑스의 세계적 석학 알랭 투렌의 말을 들어보자. "이제 현대인은 각자 자신의 인생 얘기를 만들어 내는 작업을 통해 각자에게 의미 있는 세계관을 구축할 권리가 있다. 신, 합리성, 자연은 더 이상 모든 사람에게 의미 있는 세계를 제공해 줄 수 없다. 이제 모든 사람은 문화 속에서 자신의 세계관을 찾아가야 한다."

오랜만에 통화를 하거나 만나는 친구들과 지인들이 가끔 나에게 묻는다. "학소도 잘 있지?" 마치 사람의 이름을 부르며 안부를 묻는 것같이 정감 있는 인사다. 그럴 때마다 나는 집에 이름을 지어준 게 참 잘한 일이라는 생각이 든다. 처음에는 내가 사는 집에 당호를 붙인다는 게 어색했지만, 지나고 보니 집도 하나의 이름을 가질 수 있는 충분한 자격이 있다는 확신이 생겼다. 폼 잡으려고 집의 이름을 짓는 것이 아니라, 집도 사람만큼 품격을 존중받을 만한 소중한 공간이라는 믿음 때문이다. 주택뿐 아니라 아파트의 개인 집들도 이름이 있으면 좋겠다. 도시인에게 집은 고향 같은 곳이다. '몇 동 몇 호' 혹은 '누구네 집' 대신 집주인이 지어준 고유 이름으로 불린다면, 얼마나 더 정감이 갈까.

　자신이 사는 집에 마음에 드는 이름을 하나 지어주는 일이야말로 진정한 개성의 표현이 아닐까?

"땅을 파고 흙을 가꾸는 방법을 잊는다는 것은 우리 자신을 잊는 것이다."

- 마하트마 간디

"To forget how to dig the earth and to tend the soil is to forget ourselves."

— Mahatma Gandhi

흙과 친해지다

아
마
릴
리
스

고백하겠다. 나에겐 가까운 친구들도 모르는 두 가지 비밀 습관
이 있다. 하나는 빈 페트병 활용과 관련된 것이고, 다른 하나는 하
늘에서 내리는 비와 관련이 있다. 나는 집 안에서 소변을 볼 때 변
기 앞에 서는 대신 페트병을 손에 쥔다. 물론 날씨와 시간이 허락하
면 뜰로 나가 나무 옆에 소변을 보지만, 이런 용도의 빈 페트병은
냉장고 안의 생수병만큼 내게는 꼭 필요하다. 그래서 그런지 병원
에 가서 건강검진을 받을 때, 간호사가 소변을 받아 오라고 작은 플
라스틱 용기를 주면 나는 전혀 어색하게 느껴지지 않는다!

　다른 비밀은, 비가 내리는 날에 나는 가끔 옷을 모두 벗고 알몸으
로 앞뜰에 나가 비를 맞는다. "가라고 가랑비 오고, 있으라고 이슬
비 온다"라는 우리 속담도 있지만, 나에게는 부슬슬 내리는 봄가을

의 가랑비도 이슬비도 좋고, 여름철의 장대비는 더 좋다.

남한테 밝히기에 조금 쑥스러운 이 두 가지 행동은, 사실 내가 학소도에서 흙을 알게 되면서 생긴 습관이다. 흙은 항상 우리 발밑에 있어서 그런지 자세히 보게 되지 않는다. 나 또한 평생을 도시에서 살았기에 흙보다는 아스팔트나 시멘트를 밟고 다닌 시간이 훨씬 많다. 흙에 관해 관심도 없었고, 알고 싶지도 않았다. 인간은 흙에서 나와 흙으로 돌아간다는 말을 들으면, 고개는 끄덕여졌지만 새삼 흙으로 눈길은 가지 않았다. 만약 내가 학소도로 돌아오지 않았다면, 흙에 대한 그런 나의 태도는 평생을 갔을지 모른다. 흙은 먼지와 같이 지저분한 것이고 신발을 더럽히는 주범이라고만 인식하며 살아가고 있었을 것이다.

텃밭 가꾸는 재미

학소도로 귀향하고 맞은 첫봄, 새로 심은 묘목들 사이에 빈 땅이 꽤 넓었다. 그 땅에 먹을거리를 심어보고 싶었지만, 아는 게 아무것도 없었다. 어릴 적 시골에서 살아본 경험이 있는 사람이라면 주위에서 밭에 채소를 심고 가꾸던 기억이라도 조금 남아 있을 수 있지만, 나 같은 도시인에겐 그런 기억조차 없었다. 채소는 시장이나 마트에서나 봤지, 땅에서 자라는 건 거의 못 보고 자랐으니까. 전화를 걸어, "혹시 상추나 고추, 방울토마토 어떻게 심는지 알아?" 하

130

면 "그럼 알지" 하고 나의 궁금증을 바로 풀어줄 만한 친구나 지인은 내 주변에 없었다. 당시는 인터넷이나 유튜브가 지금처럼 보편화되기 전이었다. 하는 수 없이 서점에 가서 책을 샀다. 나같이 농사에 대해 아무 기초 상식도 없는 일반인이 쉽게 읽을 수 있는 책은 일본에서 출간되어 한글로 번역된 책 한두 권밖에 없었다.

내가 알고 있던 채소는 책에 다 있었다. 상추, 깻잎, 가지, 오이, 고추, 호박, 옥수수…… 이런 걸 다 심으면 먹을 수 있단 말이지? 심는 방법은 두 가지. 씨앗을 뿌리거나 모종을 사 와서 심는다. 씨앗을 파종하면 시간이 더 오래 걸리고 발아한 뒤 뭉쳐서 자라기 때문에 일정 간격을 두고 일일이 솎아줘야 한다. 밭이 그리 넓지 않으면 모종을 추천한다. 오케이!

주말이 되어 대형 마트에 장을 보러 갔다가, 식품 코너에서 랩으로 깔끔하게 포장된 생옥수수를 발견했다. 가만, 저 생옥수수를 말려 알갱이를 심으면 옥수수가 자란다고 책에 나와 있던데…… 긴가민가했지만 일단 쇼핑카에 넣었다. 동네 화원에 들러 이제 막 뿌리를 내리고 어린잎이 몇 개 달린 모종도 샀다. "이건 뭐예요?" "아, 가지." "이건요?" "고추." "이게 참외예요? 이거 심으면 진짜 참외 먹을 수 있는 거예요? 그럼, 딸기나 수박도 있어요?" 와, 딸기와 수박! 이 화원 주인아주머니는 이렇게 처음 만난 후 20년 넘게 봄이면 어김없이 나타나는 도시의 총각 농사꾼을 항상 반갑게 맞아준다. "삼촌, 올해 봄엔 뭐 심으려고?"

화창한 봄날의 일요일, 나는 삽과 새로 산 호미, 갈퀴, 꽃삽을 양손에 들고 뒤뜰로 갔다. 일단 20평 정도 텃밭의 경계를 정하고 삽질을 시작했다. 최대한 땅속 깊이 삽을 꽂고 흙을 파내 뒤집었다. 겨우내 얼어 있던 땅이 봄의 따뜻한 햇살과 공기에 녹아 그 속의 부드러운 흙을 내주었다. 낯선 향기가 후각을 자극했다. 평생 처음 가까이서 흙냄새를 맡는 경험이었다. 쭈그리고 앉아 맨손으로 흙을 만져보았다. 부드러우면서 촉촉한 흙의 감촉이 신기하게 느껴졌다. 약간은 신비롭기까지 했다. 향기는 더 강하게 코를 통해 몸 안으로 들어왔다. 내가 흙을 처음 만나는 순간이었다.

텃밭의 흙을 다 뒤집어엎자, 이마에서 땀이 흘러내렸다. 기분이 참 좋았다. 호미로 뭉친 흙을 깨고 양손으로 비볐다. 나는 지금도 흙을 만질 때 가급적 장갑을 끼지 않는다. 그 촉감이 너무 좋기 때문이다. 가끔 사람들이 다소 거칠어진 내 손을 보고는 골프를 많이 치냐고 물어올 때가 있다. 나는 골프를 안 친다. 내 손바닥의 굳은살과 상처는 흙이 남겨준 키스 자국이다.

땅속에서 비닐봉지 같은 오래된 쓰레기도 나오고 크고 작은 돌멩이도 많았다. 아마도 전에 살던 사람들이 밖에 갖다 버리기가 귀찮아 쓰레기를 그곳에 묻었던 것 같았다. 당연히 화가 났다. 흙 사이에 돌멩이가 많은 것은 그때까지 아무도 그 땅을 갈아본 적이 없다는 증거였다. 내가 어렸을 땐 그곳 뒤뜰이 친구들과 함께 거의 매일 뛰어놀던 축구장이자 야구장이었다. 그러니까, 우리 가족이 떠난 이후 20년 동안 아무도 그 땅에 밭을 만들어 활용할 생각을 하지 않았던 것 같다. 처녀지에 총각이 처음 다가가 말을 걸었다고 표현할 수 있을까?

갈퀴로 지면을 평평하게 고른 후, 사 온 모종을 적당한 간격을 두고서 심었다. 하나의 씨앗이 한 줌의 흙 속에서 발아해 이제 막 숨을 쉬기 시작한 어린싹을 보면 나는, 그때나 지금이나 그 어린 식물이 참 예쁘고 사랑스러워 보인다. 비닐하우스에서 화원을 거쳐 밭에 옮겨 심어지면 그 어린 생명은 흙의 품에서 스스로 살아남아야 한다. 자연의 거친 시험을 혼자서 통과해야 한다. 내가 해줄 수 있는 건 흙이 마르면 물을 주고 약간의 거름을 뿌려주는 일뿐. 모종을 다 심고 허리를 펴니 줄은 좀 삐뚤삐뚤하지만, 그런대로 텃밭 모양이 났다. 이제 조금만 기다리면 100퍼센트 유기농 치커리, 케일, 겨자채, 방울토마토, 딸기, 참외 등 오늘 심은 각종 채소와 몇 가지 과일을 다 먹을 수 있다는 거지? 와 신난다!

학소도에서 생활하면서 나는 평생을 즐기게 될 소중한 취미를 얻었다. 바로 텃밭과 정원을 가꾸는 일. 뒤뜰에 있는 터앞에는 먹고 싶은 각종 채소를 유기농으로 재배하고, 터앞 주위에 각종 과일나무와 꽃나무, 야생화를 심고 가꾼다. 앞뜰에도 다양한 나무와 꽃과 허브가 자란다. 이 '초록이들'은 모두 나의 친구이고 가족이다. 각자 다들 알아서 자라기도 하지만, 나의 손길이 필요할 때도 있다.

어린 채소 모종에서부터 키가 10미터도 넘는 향나무까지, 모든 초록이들의 공통점은 생명의 근원인 뿌리가 땅속에 있다는 사실이다. 그리고 나는 흙 속에 뻗어 있는 뿌리들을 눈으로 직접 볼 수가 없다. 그들이 나에게 말을 걸어온다 할지라도 그 언어를 알아들을 수 없다. 내가 알아들을 수 있는 한국말이나 영어, 독어로 내게, "아저씨, 저 이거이거 먹고 싶은데 갖다가 내 주변에 뿌려주시면 안 되나요?" 하고 말을 해준다면 좋으련만……. 그래서 어쩔 수 없이 흙에 대해 공부를 시작했다. 그리고 얼마 지나지 않아 흙이 식물에게는 밥상 격이고, 흙이 좋으면 식물도 건강해진다는 사실을 알게 되었다.

나의 페트병 소변 습관은 그렇게 탄생했다. 페트병이 차면 차례대로 나무 주변에 뿌려준다. 그럴 때는 마치 어린아이에게 과자나 초콜릿을 주는 기분이 든다. 귀갓길에 소변이 마려워도 화장실에 들르지 않고 집에 올 때까지 참는 일도 종종 있다. 배롱나무야, 내 선물이다! 앞에 서 있는 나무는 무표정이지만, 나는 기분이 좋아진다. 몸이 가벼워져서도 그렇고, 내 몸을 빠져나간 배설물이 좋은 거름이 될 거라는 사실을 알고 있기 때문이다. 또한 변기의 물을 그만큼 아끼게 되어 즐겁기도 하다. 절대적인 양으로 치면 아주 미미하지만, 그래도 지구의 부족한 자원인 물을 아끼는 데 기여했다는 만족감과 자연에 작은 선물을 건넸다는 기쁨을 누릴 수 있으니, 그야말로 일석이조가 아닌가. 그렇다고 아침에 출근할 때 빈 페트병을 들고 간다거나 외출 나가 하루 종일 화장실 가는 일을 참는 일은 지금까지 없었으니, 오해는 마시라. 큰일을 볼 때면 물론 나도 변기를 사용한다. 그리고 변기에 앉아 있을 때 소변이 나오면 나도 어쩔 수 없다.

흙에 도움이 되는 게 뭔지 조금씩 알게 되면서, 사실 다른 엉뚱한 짓도 많이 했다. 커피 찌꺼기가 흙에 도움이 된다는 얘기를 듣고 한때는 회사 앞 스타벅스 직원에게 부탁해 일주일에 한 번씩 75리터 정도 되는 대형 비닐봉지에 커피 찌꺼기를 얻어 왔다. 그걸 앞뜰과 뒷뜰에 뿌리고 나면 며칠 동안 커피 냄새가 진동했다. 나는 원래 커피를 좋아해 상관없었지만, 어느 날 문득 나무들과 멍멍이들이 카페인 중독이 되지 않을까 걱정이 되었다. 6개월 정도 지났을 때 회사 건물이 이전하면서 커피 찌꺼기 나르는 일도 멈추었고 그런 걱정도 사라졌다.

한번은 늦가을에 차를 몰고 가다 대로변에서 낙엽을 모아 담아둔 큰 자루들을 보게 되었다. 낙엽만큼 좋은 퇴비도 없지! 문득 떠오른 생각에 자동차의 트렁크와 뒷좌석이 가득 차게 예닐곱 자루를 싣고 학소도로 왔다. 첫 자루를 풀고 내용물을 뜰에 부어보니, 맙소사! 가로수에서 떨어진 낙엽이 반, 길거리에 버려진 쓰레기가 반이었다. 두 번째, 세 번째 자루도 약간의 비율 차이는 있어도 내용물은 크게 다르지 않았다. 구경하고 있던 멍멍이들은 처음 보는 쓰레기 조각을 하나씩 물고 신이 났지만, 나는 낙엽 사이에서 쓰레기를 분리하느라 한나절을 보냈던 기억이 난다. 지금은 학소도의 나무도 많이 자랐고 그만큼 늦가을에 나뭇잎도 많이 떨어져, 길거리에서 낙엽을 조달할 필요가 없어졌다.

지금은 마당 한쪽에 퇴비 통 여러 개를 두고 음식물쓰레기, 낙엽, 잡초 등을 섞어 유기농 비료를 직접 만든다. 완성된 퇴비를 텃밭의 채소와 꽃나무, 유실수에게 나눠줄 때마다 기분이 얼마나 뿌듯한지!

인간관계가 발전하고 유지되려면 상대방의 입장에서 생각하고 이해하려는 노력이 필요하다. 인간이 자연과 친해지고 그 관계를 유지하려면 그와 똑같은 노력이 필요하다고 나는 믿는다. 겉으로 보이는 줄기와 잎만 보살피고 정작 중요한 뿌리와 뿌리를 품고 있는 흙을 무시한다면 나무를 이해한다고 할 수 없다. 밤에 귀가해서 한동안 비가 내리지 않아 바싹 마른 흙을 보면 그대로 잠자리에 들기 힘들다. 술을 마신 날에도, 자정을 넘긴 시각에도 옷을 갈아입고 뜰로 나와 고무관으로 초록이 식구들에게 물을 준다. 그러고 나면 마치 나의 갈증이 사라지는 듯한 느낌이 든다.

그러나 나는 경험으로 안다. 수돗물을 아무리 많이 자주 주어도 자연에서 내리는 빗물과는 다르다는 것을. 빗물 속에는 식물이 필요로 하는 질소를 포함해 풍부한 양분이 들어 있다. 또한 빗물로는 잎과 뿌리가 건강한 샤워를 할 수 있다. 20대 중반에 인도를 3개월

여행하면서 하루도 빠지지 않고 거의 매일 세 끼를 카레로 해결했던 적이 있는데, 그때 체중이 8킬로그램 정도 빠졌다. 배가 고파서 억지로 먹었지, 내가 좋아하는 음식을 먹을 수 없어 그렇게 된 것이었다. 또 인도에서는 물이 귀해 며칠에 한 번씩 몸을 적실 정도로만 목욕했는데, 여행이 끝나고 집으로 돌아와 샤워다운 샤워를 하고 나니 기분이 날아갈 것 같았다. 식물에게 수돗물과 빗물의 차이가 이런 게 아닐까.

종종 나의 제한된 상상력을 동원해 식물 입장에서 세상을 바라볼 때가 있다. 주변을 둘러보고 하늘을 올려다보고 인간을 바라본다. 비가 내리는 날이면 가끔 앞뜰에서 벌거벗고 비를 맞는 습관도 그렇게 생겼다. 순수한 호기심에서 시작했지만, 30분이고 한 시간이고 비를 맞고 있으면 기분이 참 좋아진다. 잠시나마 자연의 일부로 돌아가 식물들과 같은 입장이 되어보려고 노력한다. 그러고 나면 왠지 모르게 그들과 더 가까워진 듯한 느낌이 든다. 내가 뜰에 서서 비를 맞고 있을 때면, 우리 멍멍이들은 비를 피해 멀리서 벌거벗은 나를 멀뚱멀뚱 쳐다봤다. 그 녀석들과의 교감을 위해서는 또 다른 노력이 필요한 게 분명했다.

"우리는 정원 한구석에 채소를 심고 이를 먹을 뿐만 아니라, 자세히 들여다보면 태양이며, 빗물이며, 흔히 광합성이라 부르는, 이파리마다 하루도 빠짐없이 일어나는 연금술에 우리가 얼마나 많이

의존하며 사는지 새삼 확인할 수 있다."

마이클 폴란이 지은 『욕망의 식물학』에 나오는 구절인데, 공감이 가는 내용이다. 내가 만약 학소도로 귀향하지 않았더라면, 아마도 영원히 그 뜻을 이해하지 못하고 지나쳤을 것들이다.

자연은 유행이 될 수 없다

언젠가 한 패션잡지사에서 연락이 왔다. 남녀 미혼 직장인 몇 명을 초대해 '싱글들의 웰빙 라이프'를 주제로 대화를 나누고 그것을 기획 기사로 쓰고 싶다고 했다. 약속된 날, 남산 하얏트호텔 앞 고급 부티크에서 나를 포함해 싱글 남녀 다섯 명이 멋지게 세팅된 테이블에 앉았다. 담당 에디터의 질문에 각자 돌아가면서 '웰빙 라이프'에 대해 이야기하기 시작했다.

"저는 헬스와 요가를 했고 최근에는 킥복싱에 빠져 있어요. 아, 발리댄스도 하는데, 댄스도 댄스지만 남자들이 유리창에 붙어서 입을 헤 벌리고 구경하는 모습이 얼마나 재미있는지 몰라요.(웃음)"(요리 전문가, 여성)

"전 계절 스포츠를 좋아해요. 여름에는 수영을 매일 하고 스쿠버 다이빙도 즐겨요. 겨울에는 보드나 스키를 타죠. 요즘 시작한 건 재즈댄스와 방송 댄스예요."(TV 아나운서, 여성)

딸기
드세요
학소도에서
2003. 6.
생곤

화가 한생곤

"저는 에너제틱한 운동보다는 정적인 요가와 명상을 좋아해요."(치과의사, 여성)

"최근에는 요가 붐이 한풀 꺾이고 필라테스가 떠오르는 게 사실이에요. 필라테스 붐이 웨이트 트레이닝이나 태보, 요가 시장이 사장된다는 걸 의미하지는 않아요. 태권도와 가라데, 킥복싱을 결합한 콴도라는 운동도 새롭게 각광받고 있으니까요."(마케팅 매니저, 남성)

마지막으로 내 차례가 되었다. 나는 웰빙 라이프를 위해 피트니스 센터를 찾는 대신 매일 흙을 만지면서 유기농 채소를 재배하고 정원을 가꾼다고 했다. 다들 '이건 또 뭐야?' 하는 표정들. 삽질하면 땀도 나고 식물에 가까이 다가가려면 반복적으로 몸을 구부렸다 폈다 해야 하니 운동도 충분히 된다고 설명했다. '그건 피트니스 센터에서 할 수 있는 게 아니잖아!' 하는 표정들. 나무를 바라보고 잎을 만지면 자연스럽게 명상도 된다는 이야기도 해주었다. '그런 건 법정 스님 같은 분이나 하는 거 아닌가?' 하는 표정들.

"지금 살고 있는 집으로 이사 온 뒤부터 텃밭에서 직접 키운 걸 먹게 됐어요. 진짜 그런 건지는 모르겠지만, 꽤 건강해진 기분이 들어요. 화학비료를 전혀 쓰지 않은 유기농 채소이기 때문만이 아니라, '내 손으로 직접 키운 걸 먹는다'는 느낌이 특별한 만족감을 주거든요. 싹이 올라오고 열매를 맺는 걸 지켜봐서 그런지 채소 하나하나에 정이 가는데, 맛보다도 그 느낌이 날 건강하게 만드는 것

같거든요. 전 웰빙과 건강, 모두 자연과 연관돼 있다고 믿어요. 오염되지 않은 자연이야말로 가장 건강한 상태잖아요. 요가나 명상도 다 그런 자연 상태를 추구하는 것이겠고. 집에서 밭을 갈고 채소를 키우기 시작한 게 30대 초반이었는데, 믿기 어렵겠지만 지금도 하루하루가 흥미진진해요. '아, 이 식물들이 어떻게 이렇게 작고 예쁘게 생겼을까?' 하며 감탄하고 뿌듯해하죠."

20여 년 전에 한 말이지만, 지금도 같은 질문을 받으면 똑같은 대답을 할 것 같다. 각종 웰빙 스타일은 유행을 탈지 모르지만, 자연은 유행이 될 수 없다.

"발에는 흙을 / 손에는 연장을 / 눈에는 꽃을 / 귀에는 새소리를 / 코에는 풀냄새를 / 입에는 미소를 / 가슴에는 노래를 / 피부에는 땀을 / 마음에는 바람을"

작가 미상의 이 시 내용이 인간에게 가장 오래된, 그리고 어쩌면 가장 이상적인 웰빙 스타일일지 모른다.

나는 고향 집으로 돌아와 흙을 만났다. 자연도 만났다. 나무와 함께 비를 맞고 친구가 되었다. 인간이 흙에서 나와 흙으로 돌아간다는 의미도 알 것 같다. 자연이 얼마나 정직한지도 알게 되었다. 대형 마트에서 산 옥수수를 말려 알갱이를 심으면 그 자리에서 똑같이 생긴 옥수수를 따 먹을 수 있다는 놀라운 사실도 알게 되었다!

내가 살고 있는 학소도가 나에게 얼마나 많은 배움의 기회를 주었는지, 생각하면 할수록 참 놀랍다. 집아, 고맙다! 고향아, 고맙다!

자연은 치장할 필요가 없다. 그 자체로도 이미 인간이 흉내 낼 수 없을 만큼 아름다우니까.

오늘날 우리들은 자연으로부터 소외되어 살아간다. 대다수 사람은 매일 반복되는 삶에서, 자기들의 편의를 위해 만든 차갑고, 건조하며 생명 없는 물질들하고만 관계를 맺는다. 생명체와 교감하는 법을 잊어버린 많은 사람은 이제 삶이 터전이 되는 자연을 파괴적인 태도로 대하는 일도 서슴지 않는다. 그러니 뭇 생명들과 잃어버린 교감을 회복하는 일이 우리에게 시급하고도 중요한 과제라는 사실을 새삼 강조할 필요도 없을 것이다. 인류가 지구 위의 다른 생명체들과 함께 사느냐 죽느냐가 그 성패에 달려 있기 때문이다.

— 콘라트 로렌츠, 『야생 거위와 보낸 일 년』 중에서

오, 나의 진돗개!

수국

내 핸드폰에 어떤 낯선 번호가 한 시간 동안 서른 번 이상 부재중 전화로 찍힌 건 아마도 그때가 처음이자 마지막이었을 것이다. 장난 전화가 아닌 이상 분명 매우 급하고 중요한 전화였을 거라는 건 누구나 상상할 수 있다. 하지만 나 또한 그 한 시간 동안 매우 급하고 중요한 회의에 참석하고 있어, 도저히 전화를 받을 수 없는 상황이었다. 나는 당시 2002 한국월드컵조직위원회에서 근무하고 있었는데, 그날은 스위스에서 날아온 국제축구연맹FIFA 대표들 및 공동 개최국 일본의 조직위원회 대표들과 함께 2002 한일월드컵을 두 달 앞두고 매우 긴박하고 민감한 의제로 광화문 파이낸스센터 건물 조직위 회의실에서 열띤 협상을 벌이고 있었다.

한국과 일본이 2002년 FIFA 월드컵을 공동 개최하기로 1996년

최종 결정이 난 직후부터 무려 6년 동안, 대회 주최자인 FIFA와 개최국인 한국, 일본은 준비 과정에서 서로의 이익과 입장이 상충하는 경우가 꽤 많았다. 그때마다 3자는 전원 합의라는 원칙에 따라 때로는 가볍게, 때로는 분위기가 무거울 정도로 심각한 협상과 타협을 해야 했다. 그날은 회의 분위기가 무겁다 못해 삭막했다. 한일 양국 대표단과 FIFA 대표단은 서로 극단적인 카드까지 꺼내 들면서 대치하는 상황이었다. 그러다 누군가 회의를 잠시 쉬었다가 저녁 식사 후 속행하자고 제안했고, 나머지 참석자들이 동의했다.

회의실 밖으로 나온 나는 급히 부재중 전화로 찍힌 번호를 눌렀다. 전화 받는 사람은 뜻밖에도 이웃집 남자였다. 학소도의 진돗개 삼총사가 이웃집으로 들어가 마당에 있던 개 두 마리를 물어 죽였다는 것이다. 끔찍한 소식이었다. 다리가 후들후들 떨리고 말이 나오지 않았다. 이웃집 남자는 전화에 대고 끊임없이 고함을 질러댔고, 나는 FIFA 대표단을 따라 걷고 있었다. 세 시간 넘는 마라톤 회의로 이미 과열돼 있던 머리는, 뜻밖의 충격적인 소식에 멈춰버린 듯했다. 이 사태를 어떻게 수습해야 할지, 아무 생각도 떠오르지 않았다.

"저도 정말 가슴이 아프고 죄송합니다. 그런데 제가 지금 정말 급한 일이 있어서…… 오늘 밤에 집에 가서 수습하고 충분히 보상해 드리면……"

"당신 미쳤어! 지금 당신 개들이 죽은 우리 개들 주위를 어슬렁

거리고 있다고! 지금 당장 달려오지 않으면……!"

오 마이 갓! 오 나의 진돗개 녀석들!

일단 사태 파악을 하고 냉철함을 조금 되찾자, 분노가 나를 엄습했다. 그 녀석들이 어떻게 나한테 이럴 수 있지! 왜 하필 오늘 집에서 탈출하냐고! 죽은 이웃집 개들과 주인 가족이 떠오르자, 이번엔 가슴이 떨리고 미안한 감정에 미칠 것 같았다. 시간이 없었다. 회의 참석자 일행은 건물 지하 식당으로 이동하고 있었고, 나는 최대한 빨리 집에 갔다가 돌아와야 했다. 다행히 빨리 달리면 집까지 15분 안에 도착할 수 있었다.

그런데 FIFA 직원들에게는 뭐라고 말해야 하지? 조금 전 우리 집 개들이 이웃집 개들을 물어 죽였는데 잠시 수습하고 오겠다고 솔직히 말한다? 2002 월드컵을 앞두고 스위스 취리히에 있는 FIFA 본부로 가장 많이 배달되는 국제우편물은, 개고기 먹는 한국의 월드컵 개최를 반대한다는 항의 편지였다. 초등학생에서부터 동물보호단체까지, 전 세계에서 편지와 이메일이 날아들었다. 그 사실은 FIFA 직원들만큼 나도 잘 알고 있었다. 그런데 대표단에 솔직히 말한다면? 한국에서는 개고기만 먹는 게 아니라 개들끼리도 서로 물어 죽이고 그러는가 보군요! 아, 안 돼, 절대 불가능! 차라리 우리 집 개가 아파 조금 전 동물병원 응급실로 실려 갔는데 잠시 병문안 갔다 와야겠습니다고 거짓말하면 국가 이미지에 조금이라도 도움이 될 수 있으련만…….

아무튼 나는 집에 아주 급한 일이 생겨 잠시 다녀와야겠다고 양해를 구한 뒤 전속력으로 달렸다. 도착해 보니, 지금도 떠올리고 싶지 않을 정도로 상황은 처참했다. 이웃집 남자는 극도로 흥분해 고함을 질러댔고, 진돗개 삼총사는 그 남자를 향해 짖거나 나를 향해 꼬리를 흔들었다.

한국의 대통령과 악수할 기회가 있었을 때도 그렇게 깊이 고개를 숙이지 않았고, 그때까지 살면서 누구에게도 그렇게 쩔쩔매며 사과한 적이 없었는데, 그날 나는 이웃 남자에게 그러고 있었다. 보상금을 합의하고 구구, 서울이, 학순이를 데리고 학소도로 돌아오니, 머리가 다시 멍해졌다. 무슨 악몽에서 방금 깨어난 느낌이었다. 잠시 거실에 앉아 있다 보니 정신이 돌아왔다. 앗, 월드컵, FIFA! 나는 다시 광화문으로 달리기 시작했다.

오래전 일간지에 이런 칼럼이 실린 적이 있다.

독일의 동물학자 알프레드 브레임은 개는 그 나라의 민족성을 닮는다는 과학적 연구로 알려진 분이다. 그 나라 개를 보고 그 나라 사람을 안다고 말한 것은 로마의 박물학자 프리니우스다. 영국 개인 불도그가 착실하고 집요한 영국인을 닮고 독일 개인 셰퍼드는 정갈하고 이지적인 독일 사람을, 프랑스 개인 푸들은 유쾌하고 낭만적인 프랑스 사람을, 중국 개인 차우는 둔중하고 만만디인 중국 사람을 닮았다는 데 이론을 제기할 사람은 없을 것이다. 그러하듯이 한국 개가 한국 사람을 고스란히 닮았다고 견문기에 쓴 분은 개화기 한국에 숨어서 선교활동을 하면서 무척 개에게

시달렸던 선교사 게일이다. 한국 개의 종류는 많지만 그중 진
돗개는 한국인의 기질을 많이 닮았으며 긍정적인 측면에서 더
욱 그렇다.

〈조선일보〉(2005. 9. 26) '이규태 코너'에서

한국에서 개에게 많이 시달렸다는 선교사 게일이, 진돗개가 한국
인의 민족성을 고스란히 닮았다고 기록할 당시, 부디 진돗개의 장
점들을 염두에 두었기를 바란다. 천연기념물 제53호인 진돗개는
분명 장점이 많은 개다. 충성심, 영리함, 청결함, 용맹함, 사냥력,
독립심 등이 대표적인 장점으로 꼽힌다. 그리고 이런 장점들을 두
루 갖춘 서양 개는 드물다. 하지만 대부분의 진돗개는 현대 도시인
이 반려동물로 함께 생활하기엔 치명적인 단점이 있다. 바로 유전
자에 남아 있는 야생성과 공격성이다.

수입된 외국 애견 문화의 일부이겠지만, 한국 대도시에서도 애완
견 카페를 종종 볼 수 있다. 반려견과 주인을 위한 놀이 공간이다.
오래전에 길을 걷다 단순히 호기심에 그런 곳에 들어가 보았는데,
출입구 옆에 이런 문구가 걸려 있었다. "한국 개 출입 금지." 한국
개라고 하면 한국 토종견 즉 진돗개, 삽살개, 풍산개를 의미할 텐
데, 한국에서 한국 개 출입 금지라니! 종업원에게 왜 한국 개는 이
곳에 못 들어오게 하느냐고 물었다. "대부분 훈련도 안 되어 있고
무엇보다 다른 개들과 싸워서요. 통제가 안 되잖아요." 그럼, 진돗
개나 삽살개는 깡패란 얘기?

진돗개와 서양 개 사이의 가장 큰 차이는 성품이다. 물론 개체의 차이는 있다고 쳐도, 일반적으로 진돗개는 공격적인 성향이 강하고 서양 개들은 상대적으로 온순하다. 서양 개들이 이런 성품을 갖게 된 것은 유럽이나 북미에서 오래전부터 온순하고 순종적인 유전자를 선택 번식하여 교정한 결과다. 반면 진돗개는 자연번식에 의해 야생적인 면이 아직 많이 남아 있다. 그래서 전문가들은 진돗개를 '영리'하다고 표현하고, 서양 개들을 '똑똑'하다고 표현한다. 진돗개는 독립심과 자기 판단이 강한 반면, 수입견들은 학습 능력이 좋고 순종적이라는 뜻이다. 군견이나 안내견으로 진돗개를 볼 수 없는 이유이기도 하다.

비교적 최근 진돗개도 선택번식이 이루어지고 있지만, 일부 번식가들은 아직도 용맹하고 '기질이 있는' 진돗개를 선호하는 경향이 있어, 사나운 강아지가 계속 태어날 수밖에 없다. 진돗개가 설마 한국인의 민족성을 닮은 걸까?

구구, 서울이, 학순이 이야기

'2002 인왕산 테러'의 주범이었던 구구, 서울이, 학순이는 내가 1999년 학소도로 귀향한 이후 줄곧 내 곁에 있어 준 친구이자 가족이었다.

구구는 99년생이라 이름을 구구로 지었다. 수컷인 이 녀석은 진도에서 태어나 생후 2개월쯤 되었을 때 서울로 올라왔다. 당시 진돗개 전문가인 지인을 따라 진도에 간 적이 있었다. 외모가 출중한 암컷 진돗개가 있다는 정보를 접하고, 구구의 어미인 백구를 보러 일부러 서울에서 내려갔던 것이다. 시골 농가에서 키우고 있었는데, 새끼를 여럿 낳은 뒤라 몸이 많이 망가졌는데도 잘생긴 개였다. 함께 갔던 지인은 그 개에 반해, 주인에게 거액을 주고 백구와 새끼 모두를 데리고 서울로 올라왔다. 그 강아지 중 한 마리를 내가 선물로 받았는데, 그 녀석이 바로 구구다.

구구는 강아지 때부터 좀 특이한 구석이 있었다. 한창 호기심이 많을 나이에, 이 녀석은 어찌 된 심판인지 매사에 무관심해 보였다. 당시 학소도에는 이미 성견 수컷 인왕이가 있었는데, 구구는 인왕이와 잘 어울리지 않았다. 혼자 어슬렁어슬렁 뜰을 거닐다가 조용히 앉아 먼 곳을 응시하는 모습이 왠지 멋져 보여, '라이온 킹'이라는 별명을 붙여주었다. 그러나 그 별명은 구구가 어른이 된 후 '빠삐용'으로 바뀌었다. 이웃집과의 경계인 철조망을 뚫고 학소도를 탈출한 전과가 매년 늘어나면서 붙은 별명이다.

서울이는 2000년에 서울에서 태어난 밀레니엄 암컷이었다. 애교 하면 이 녀석이 단연 일등이었다. 나를 비롯해 학소도에 오는 손님들 앞에서 몸을 비비 틀면서 눈을 살짝 감으며 짓는 미소는, 모든 사람을 반하게 만드는 서울이 만의 매력 포인트였다. 하지만 다른 개나 동물들에게는 까탈스럽고 독한 구석이 있었다. 질투심도 매

서울이, 별명 '황진이'

우 강했다. 그래서 지어준 별명이 '황진이'.

애견 전람회 심사위원을 오래 지낸 한 지인에게서 선물 받은 서울이는, 이른바 명문가의 딸이었다. 당시 한국 진돗개 마니아들이 인정하던 양대 최고 혈통을 모두 이어받았기 때문이다. 자존심 강하고 미모도 출중했다. 콧대가 높아, 웬만한 수컷은 거들떠보지도 않았다. 그 '웬만한' 수컷에는 구구도 포함됐다. 서울이는 평생 한 번 시집을 갔다. 진돗개를 수십 마리 키우던 지인이 서울이를 며느리로 삼고 싶다며 자신이 키우던 황돌이라는 녀석과 합방하게 했다. 그러나 신혼 첫날밤, '신부 서울이'는 '신랑 황돌이'를 모질게 물어 큰 상처를 입혔다. 그 이후로 진돗개 마니아들 사이에서 서울이는 독한 암컷으로 소문이 났다.

서울이가 시집갔다 친정으로 돌아온 후 60일 뒤에 학순이가 태어났다. 학소도에서 태어나 학순이라 이름 지었는데, 서울이가 살아생전 처음이자 마지막으로 임신해 낳은 강아지였다. 엄마는 백구인데도 아빠를 닮아 황구로 태어났다. 보통 다섯 마리 이상의 새끼를 낳는 진돗개로서는 극히 드물게 혼자 태어난 학순이는, 형제 없이 무남독녀로 자랐다. 그래서 그런지 겁이 많고, 나이가 들어서도 공이나 장난감을 갖고 놀기 좋아했다.

학순이의 사냥 실력은 엄마 서울이를 닮아 뛰어났다. 한번은 학소도에 손님들이 와 있는 동안, 평소 앞뜰에 풀어놓고 키우는 학순이를 뜰 한쪽 구석에 줄로 묶어놓았다. 밤늦은 시각 손님들과 대화

를 나누고 있는데, 학순이가 있던 곳에서 이상한 소리가 났다. 가서 확인해 보니 학순이 앞에 청설모 한 마리가 죽어 있는 게 아닌가. 아마도 인왕산에서 내려왔다가 운이 없어 그렇게 생을 마감했다고 생각하고, 학순이가 입을 댈 수 없는 거리에 일단 옮겨놓았다. 그러고는 한 시간쯤 지났는데, 다시 비슷한 소리가 같은 곳에서 들려왔다. 뛰어가 보니 학순이 앞에 죽은 청설모 한 마리가 또 있었다. 혹시나 하였는데 그전에 죽은 녀석은 치워놓은 자리에 그대로 있었다. 나는 이 다람쥣과 동물을 이전에 죽은 청설모 옆에 옮겨놓고 손님들이 있는 자리로 돌아왔다. 또 한 시간쯤 지났을 때, 비슷한 소리가 들려 달려가 보니 이번에도 똑같이 청설모 한 마리가 꼬리를 흔드는 학순이 앞에 죽어 있었다! 무려 세 마리가 두세 시간 사이에 목줄에 묶여 있던 학순이에게 변을 당한 것이다.

내가 다람쥐보다 훨씬 큰 청설모를 학소도에서 본 건 그날이 처음이자 마지막이었으니, 집 주변에서 흔히 보는 야생동물도 아니고 학순이가 자유롭게 달려가 사냥을 한 것도 아닌데, 어떻게 세 마리나 같은 자리에서 죽임을 당했는지 지금도 미스터리로 남아 있다. 혹시 청설모 가족의 집단 자살은 아니었을까?

개밥 주기 미션

한때 해외로 출장 떠날 일이 잦았던 때가 있었다. 출장 일정이 확정되는 순간부터 일단 우리 멍멍이들에게 매일 사료와 물을 줄 수 있는 적임자를 찾아야 했는데, 적임자의 자격 요건은 다음과 같았다.

1. 학소도의 구조를 잘 알아야 한다. (예를 들어 출입구를 정확히 모르면 멍멍이들이 굶어 죽을 수도 있다)
2. 멍멍이들과 어느 정도 친분이 있어야 한다. (그렇지 않으면 양쪽이 서로 겁을 먹을 수 있다)
3. 큰 개들의 예기치 못한 돌발 행동에 대처할 수 있는 체력과 기술이 필요하다. (예를 들어 멍멍이가 갑자기 문밖으로 뛰쳐나갔을 때 즉각 달려가서 수습하지 못하면, 행인은 안전하지만 불쌍한 길냥이나 지나던 애완견이 참변을 당할 수 있다)
4. 동물을 사랑하는 마음과 책임감이 있어야 한다. (한번은 동네 사는 친구가 당번인 날 술이 많이 취해 학소도에 오는 걸 깜빡 잊고 집에 가서 자다가, 새벽에 벌떡 일어나 멍멍이들에게 달려왔다는 아름다운 일화가 있다)

한눈에 봐도 만만한 자격 요건이 아니었다. 그럼에도 불구하고 내가 집에 없는 동안 우리 진돗개 식구들이 단 하루도 굶은 적이 없으니, 나는 인복이 있는 사람인 것 같다. 혹시 있는데 멍멍이들이 고자질을 못 한 걸까?

대망의 2002년 한일월드컵 개막전이 상암 월드컵경기장에서 열리기 바로 전날 밤 일이다. 남산에 있는 그랜드 하얏트 호텔에서 축하 만찬이 개최되었다. 블라터 FIFA 회장과 정몽준 한국조직위원회 위원장을 비롯해 집행위원 전원과 펠레, 베켄바워, 플라티니 등 전 세계 축구 전설이 모두 참석한, 아주 화려하고 멋진 만찬이었다. 아마도 그 호텔 역사상 규모 면에서나 내용 면에서 최고의 만찬이 아니었을까 추측해 본다. 나는 당시 이 FIFA 공식 지정 호텔에서 4주간 먹고 자면서 근무했는데, 다른 날과 마찬가지로 그날 밤도 만찬이 끝나고 11시쯤 멍멍이들에게 밥을 주기 위해 학소도로 차를 몰았다.

평상시와 마찬가지로 남산 순환도로에서 경찰의 음주단속이 있었다. 나는 창문을 내리고 자신 있게 음주측정기에 숨을 내뱉었다, 그런데 예상과는 달리 빨간불이 켜졌고, 경찰은 싸늘한 눈초리로 차에서 내리라고 손짓했다. 내 인생의 금기사항 중 최우선 순위에 속하는데 음주운전. 기계의 오류를 확신하며 여유의 미소와 함께 차에서 내리려는 순간 문득 떠오른 것! 조금 전 만찬장에서 사람들과 건배 후 한두 모금 마신 와인이었다. 다음 날이 월드컵 개막전인데 어떻게 이런 일이! 나는 당시 음주운전에 적발되면 무조건 면허취소인 줄만 알았다.

"제가 사실은 월드컵조직위에서 근무하는데 내일이 대망의 개막전이고 지금 멍멍이들 밥 주러 집에 가는 길인데……."

나의 마지막 하소연을 듣던 경찰은, 내가 만취해서 횡설수설하고 있다는 확신에 찬 표정을 지었다. 결국 나는 포기하고 정밀 음주 검사를 받았는데, 신기하게 미터기에 '0'이 나왔다. 몇 번을 반복해도 '0'. 고개를 갸웃하던 경찰은 결국 마지못해 나를 보내주었다. 그러면서 던지는 말,

"가서 개밥이나 잘 주세요."

추억과 이별

내가 태어나 고향 집을 떠날 때까지, 우리 가족은 항상 개를 키웠다. 어릴 적 동화책에서 '벨belle'이 프랑스어로 아름다운 (여인)이라는 뜻이란 걸 읽고 암컷 강아지에게 그 이름을 붙여주었던 기억도 나고, 친척 집에 보내진 벨의 새끼 한 마리가 차로 한 시간 거리나 되는 우리 집을 이틀이 걸려 다시 찾아왔던 믿기 어려운 일도 있었다. 결국 그 강아지는 엄마 벨과 함께 우리 집에서 살게 되었고, 이름은 복실이었다.

20년이란 세월이 지난 뒤, 나는 인왕이와 함께 고향 집으로 돌아왔다. 물론 벨도 복실이도 더 이상 이곳에 없었다. 얼마 뒤 구구와 서울이가 학소도의 새 식구가 되었고, 학순이가 태어났다. 이 녀석들을 마당에 자유롭게 풀어놓다 보니, 가끔 내 허락 없이 집 밖으로 나가 크고 작은 사고도 많이 쳤다. 그럴 때면 화도 나고 녀석들이

밉기도 했지만, 학소도로 돌아온 녀석들이 '그래도 역시 우리 집이 최고야' 하는 표정으로 마당을 뛰어다니면 나에게는 용서 외엔 선택의 여지가 없었다. 사고 치고 집에 온 자식을 받아들이는 부모의 마음도 이런 걸까?

눈이 오나 비가 오나, 낮이나 밤이나 새벽이나, 내가 집에 오면 녀석들은 항상 나를 반갑게 맞아주었다. 폭설이 내린 날에는 집 입구에서 현관문까지 깨끗하게 길을 터놓아 주기도 했다. 그 정도면 게으른 경비 아저씨보다 낫다고 할 수 있다.

비 오는 날에 나를 귀찮게 한 적도 여러 번 있다. 비가 많이 오고 바람이 부는 날엔 길고양이들 후각 기능이 저하되는지, 꼭 그런 날 우리 멍멍이들의 사냥감이 되어 밤늦게 술 한잔하고 기분 좋게 귀가한 나를 깜짝 놀라게 한 적이 한두 번이 아니었다. 컴컴한 현관문 앞에서 편안한 침대를 떠올리며 바지 주머니에서 열쇠를 찾고 있을 때, 발에 뭔가 밟히면 그건 백발백중 죽은 고양이었다. 녀석들은 길냥이든 쥐든 잡으면 항상 현관문 앞에 갖다 놓았다. 나한테 자랑하고 칭찬받으려고! 그럼 난 어쩔 수 없이 옷을 갈아입고 마당으로 나와 죽은 고양이를 나무 밑에 묻어주었다. 비가 주룩주룩 내리는 새벽에, 술 냄새를 풍기며 삽으로 땅을 파고 있는 남자. 영화 〈살인의 추억〉의 한 장면이 아니다. 학소도에서 일어났던 실화다. 그것도 여러 번.

녀석들에 관한 이야기들은 모두 과거형이다. 구구와 학순이 그리고 서울이 모두 지금은 학소도 뒤뜰 나무 밑에 잠들어 있다. 녀석들이 늙어 차례로 세상을 떠날 때마다 참 많이 울었다. 식어가는 녀석들을 품에 안고 울고, 삽질하면서도 울고……. 나의 친구이자 가족이자 충견이었던 인왕이, 구구, 서울이, 학순이 모두 학소도와 내 마음속에 큰 흔적을 남기고 그렇게 떠났다.

진돗개 삼총사가 떠난 학소도가 허전하고 쓸쓸해 보였는지, 친구가 3개월 된 수컷 독일셰퍼드 강아지를 선물해 줬다. 나는 이 새 식구 이름을 '보너 Bonner'라고 지어줬다. 보너는 내가 어릴 적 4년간 살았던 독일 본 사람을 일컫는 독일어 단어다. 녀석은 인간 나이로 치면 90살까지 학소도에 살다가 3년 전 세상을 떠났다.

살면서 맞닥뜨리는 어려운 일에는 노력하면 어느 정도 익숙해지는데, 이별이라는 건 겪으면 겪을수록 더 어려운 것 같다.

결혼을 할까 개를 살까

부모님과 함께 살거나 결혼 후 함께 사는 가족이 있다면 독신 생활에 따르는 여러 불편함이 없기는 하겠지만, 그렇다고 그런 이유로 결혼할 수는 없지 않은가. 『개를 살까 결혼을 할까』라는 소설이 있다. 파울라 페레스 알론소라는 아르헨티나 여성 작가가 쓴 다소 페미니즘적인 책으로 기억하는데, 30대 초반의 미혼 여성이자 기자인 주인공이 다음과 같은 광고를 잡지에 낸다.

남자를 찾습니다

한 여자의 사랑을 얻기 위해

누렁이 개와 경쟁할 남자 구함.

누렁이는 귀엽고, 순하고, 진실하고

발랄하고, 깔끔하고, 말쑥함.

바가지를 긁지 않으며, 자기 세계가 있고

화장실에도 혼자 감.

모범생은 사양.

사서함 28호

이런 황당한 광고를 낸 여주인공이 갖고 있는 남자에 대한 불만은 대략 이렇다. 남자는 여자가 늘 웃고 예쁜 얼굴을 하고 있길 원하고, 집안 정돈은 항상 깨끗하게 그리고 요리하는 음식은 맛있어야 하며, 남자의 실수를 적당히 넘어가 주는 센스와 배려를 갖춰야 하고, 늘 섹시하게 보여야 한다. 이런 것들을 요구하지 않는(!) 남자가 있다면 결혼하겠지만, 만약 찾을 수 없다면 차라리 누렁이 개와 함께 살겠다!

내가 이 여기자에게 충고를 한마디 한다면, 만약 누렁이 반려견을 선택할 경우 신중하게 잘 고르라. 그러지 않으면 가끔, 무견無犬이 상팔자라는 말이 나올 수 있음. 한마디 덧붙이자면, 애완견을 이미 키우고 있는 남자를 선택하는 것도 하나의 옵션이 될 수 있음. 어쨌든 굿 럭^{Good luck}!

한국에서도 언제부턴가 일반 가정뿐 아니라 혼자 사는 싱글들이 실내에서 반려견을 많이 키운다. 서양과 비슷한 애견 문화가 차츰 정착되고 있는 듯 보이는데, 반려견과 인간의 개인주의는 밀접한 관계에 있다. 당연한 얘기겠지만, 인간이 애완동물을 키우는 건 동물 보호 차원이 아니라 대부분 자신의 욕구를 충족하기 위한 목적이 있다. 그렇다면 그 욕구란 무엇일까?

개와 인간의 문화사를 연구한 브라케르트와 클레펜스에 의하면, "수많은 가정에서 동물을 기르고 소설이나 영화에서 흔히 보듯이 동물에게 진한 애정을 쏟는 이유는, 일터의 사무적이고 기계적인 환경을 보상받기 위한 욕구 때문이다. (…) 실망과 좌절에 빠진 현대인은, 인간에게 조건 없는 애정을 베풀어 주는 동물들로부터 새로운 희망과 삶의 용기를 기대하게 되었다. 실제로 동물과의 관계는 대개 인간관계에 비해 상대적으로 덜 복잡하므로 무엇보다도 상당한 심리적 가치를 지닌다고 말할 수 있다." 이렇듯, 반려동물은 주인의 본능적인 욕구를 충족하는 데 일역을 한다. 그런데 문제는, 주인인 인간은 정작 그러한 것을 의식하지 못하거나 오히려 반대로, 자신이 반려동물의 욕구를 충족해 주고 있다고 생각한다. 물론 실제로 그럴 수도 있지만, 오해하는 경우가 더 많다. 사람들은 자기 반려견에게 잠옷이나 외출용 신발, 장신구, 각종 가구 등을 사주면서 이 순수한 동물이 이런 '인간의 장식품'을 좋아할 거로 생각한다. 과연 그럴까? 혹시 인간의 욕망을 개에게 적용하려는 건 아닐까?

식물에게 물을 매일 정성스럽게 주었을 때, 그 정성에 보답이라도 하듯 잘 자라는 식물이 있는가 하면, 지나치게 많은 물을 감당하지 못 해 뿌리가 썩어 병들어 죽는 식물도 있다. 선인장 같은 경우는 한 달에 한 번 정도 물을 주어야 잘 자란다. 인간의 사랑도 마찬가지다. 무조건적인 사랑도 좋지만, 상대를 잘 알고 이해하고 그에게 맞는 사랑을 베풀어야 건강한 관계가 유지된다. 애견가도 애완견은 단순히 장식품이나 장난감이 아니라, 함께 있어 주어 고맙고 자신에게 실질적인 도움을 주는 생명체로 대하고, 끊임없이 애견을 이해하고 무엇을 필요로 하는지를 관찰하는 노력이 필요하다.

Bonner

별명 '마이클 조던'

나는 일찍이 한 가지 상상을 했었다.

깊은 산중 인적 끊긴 골짜기가 아닌 도성 안에,

외지고 조용한 한 곳을 골라 몇 칸 집을 짓는다.

방 안에 거문고와 서책, 술동이와 바둑판을 놓아두고,

석벽을 담으로 삼고, 약간 평의 땅을 개간하여 아름다운 나무를 심어 멋진 새를 부른다.

남은 땅에는 남새밭을 가꿔 채소를 심고 그것을 캐서

술안주를 삼는다. 또 콩 시렁과 포도나무 시렁을 만들어 서늘한 바람을 쏘인다. 처마 앞에는 꽃과 수석을 놓는다. 꽃은 얻기 어려운 것을 구하지 않고 사시사철 묵은 꽃과 새 꽃이 이어 피도록 할 것이며, 수석은 가져오기 어려운 것을 찾지 않고 작지만 야위어 뼈가 드러나고 괴기한 것을 고른다.

— 혜환 이용휴 (李用休·1708~82), 『마음속에 그려본 집』 중에서

■ 혜환이 인왕산 아래 구곡동九曲洞에 놀러 가서 쓴 글

인왕산 살롱

조
팝
꽃

학소도의 뒷산인 인왕산[仁旺山]은 해발 338미터 높이의 화강암으로
구성된, 서울의 주요 산 중 하나다. 서울 종로구와 서대문구 경계
에 있는 인왕산은 내 삶과 가장 밀접한 산이기도 하다. 여기 산자락
에서 태어나 산의 정기를 받으며 자랐고 지금도 그 정기를 계속 받
고 있으니, 나한테는 특별한 산이라고 해도 과장된 말은 아닌 것 같
다. 엄홍길 대장과 그를 세계적인 산악인으로 키운 도봉산의 관계
에 비유하기엔 조금 무리가 있을지 모르지만, 최소한 산 너머 청와
대 주인보다는 나에게 더 친근한 산일 것이다. 인왕산은 경복궁과
청와대의 우백호[右白虎]에 해당하는 산으로 잘 알려졌지만, 진짜 호랑
이하고도 인연이 깊다. "인왕산 모르는 호랑이 없다"라는 속담이
있을 정도로 옛날부터 호랑이가 많이 살던 산으로 유명하다. 120

인왕산 & 정상에서 바라본 광화문, 시청, 남산

년 전쯤만 해도 서울에 호랑이가 간혹 나타나 사람을 놀라게 하거나 심지어 해치기까지 했다는데, 그 주요 무대가 바로 인왕산이었다고 한다. 어떤 기록에 의하면 1901년에 경복궁에 호랑이가 뛰어든 적이 있다고 하고, 1915년에는 한 해 동안 한국 땅에서 호랑이에게 물려 죽은 사람이 여덟 명이나 되었다고 한다. 무슨 아프리카나 인도 이야기도 아니고, 지금 내가 살고 있는 학소도 주변을 불과 120년 전까지 호랑이들이 어슬렁거리고 있었다니 믿기지 않는다.

조선시대 후기의 겸재 정선鄭敾 1676~1759의 〈인왕제색도〉나 같은 시대 화가였던 강희언姜熙彦 1710~1784의 〈인왕산도〉를 보고 있자면, 금방이라도 호랑이가 뛰어나오고 산신령이 날아오를 것 같기도 하다. 이 두 천재 화가가 아파트 건물들로 둘러싸인 지금의 인왕산을 보면 그림 그릴 마음이 싹 달아날지도 모르겠지만, 인구 천만의 대도시가 된 서울 중심에 이렇게 아름다운 산이 있다는 건 행운이라는 생각이 산을 오를 때마다 든다. 약수터 물도 얼마나 맛있는지! 예전에는 인왕산에서 남쪽으로 두 개의 물줄기가 있었고 그중 하나가 청계천이었다는데, 지금은 그 물줄기가 어디로 흐르고 있을지 궁금하다. 호랑이가 담배 피우던 시절 이야기인가?

내가 인왕초등학교를 다닐 시기에는 인왕산이 일반인들에게 입산 금지되어 있었다. 1968년 1월에 김신조를 포함한 무장간첩들이 인왕산을 통해 청와대를 습격하려다 실패하면서 그렇게 되었다가 1993년, 그러니까 25년 만에 통제가 풀렸다. 어릴 적에 친구들과 함께 산을 조금 오르면 군인 아저씨들이 보초를 서고 있는 모습이 보였다. 우리가 다가가면 가끔 건빵을 주면서 내려보내곤 했던 기억이 난다. 아마 어른들은 우리처럼 용감하지 못해 그 근처까지 가지도 못했을 것이다. 덕분에 우리는 철이 되면 사람의 발길이 닿지 않는 숲에서 산딸기를 마음껏 따 먹을 수 있었다.

오래전 어머니한테 들은 얘기로는, 젊은 시절 아버지가 매일 새벽 집(지금의 학소도)을 출발해 인왕산을 넘어 직장이던 광화문 정부종합청사(지금의 정부서울청사)로 출근할 때가 있었단다. 아버지 생전에 사실 여부를 확인한 적이 있는데, 아버지는 빨리 걸으면 한 시간 정도 걸려서 운동 삼아 그렇게 다닌 적이 있다고 하셨다. 그러나 어머니 주장은 좀 달랐다. 아버지가 버스비를 아끼려고 그러셨다는 거다. 국내에서나 외국에서나 평생을 검소하게 생활하셨던 부모님에 대한 기억을 반추해 보면, 어머니의 주장에 무게가 더 실린다. 나는 광화문에서 20년 넘게 직장생활을 했고, 공교롭게도 사무실은 정부서울청사 바로 뒷건물에 있었다. 몇 번인가 인왕산을 넘어 출근하려고 시도해 봤지만, 나는 아버지의 부지런함을 도저히 따라갈 수 없었다.

집으로의 초대가 사라진 시대

인왕산 자락에 있는 학소도는, 이곳을 찾아주는 사람들 덕분에 생기가 돌고 빛과 향기를 발한다. 얼추 계산해 보니 지난 23년간 방문자 수가 이천 명이 훌쩍 넘는 것 같다. 물론 순 방문자 수는 이보다는 적겠지만, 아무튼 꽤 많은 손님이 다녀갔다. 가까운 친구들은 물론이고, 학교 은사님들, 일로 만난 사람들, 동호회 사람들, 학교 동창들도 있고 지인을 따라와 학소도에서 처음 만난 사람들도 상당수다.

아는 사람을 오랜만에 만났을 때 가끔 이런 대화도 오간다.

"지금도 학소도에 사시죠?"

"우리 집에 와보셨던가요?"

"그럼요, 10년 전인가…… 그 자리에 이런 분도 계셨고 저런 분도 계셨고."

"아 그러셨군요. 기억나네요."

대화가 이어지면서 상대방이 나보다 그날에 대해 더 잘 기억하고 있다는 사실, 그리고 사람마다 간직하고 있는 기억이 다양하다는 사실에 놀라기도 한다.

"내 옆에 앉았던 분이 그때 이런저런 얘기를 하셨는데 정말 웃겼어요."

무슨 얘기를 했을까?

"거실에 걸려 있던 그림이 인상 깊었습니다."

그 그림이?

"그 백구는 잘 있죠? 잘생겼던데."

감사.

"그날 좀 특이한 술안주를 내놓으셨잖아요."

그게 뭐였을까?

"그날 만났던 후배분은 그 후에 우연히 다시 만났어요."

그렇군.

"그날 마신 와인도 참 좋았는데."

무슨 와인이었지?

게스트와 호스트의 입장 차이는, 주인은 손님보다 신경 쓸 게 훨씬 더 많고 그래서 정신이 없을 수밖에 없다는 사실이다.

나는 왜 이렇게 많은 사람을 집으로 초대했을까? 어느 날 문득 떠오른 질문이다. 일단 손님을 초대하려면 날짜를 잡고 명단을 작성하고 전화를 돌려야 한다. 아무리 간단하게 준비한다고 해도 최소한 한 번은 장을 보러 가야 하고, 손님들이 도착하기 전 집안 여기저기에 널려 있는 빨래와 잡동사니를 치우고 청소를 해야 한다. 파티가 끝나고 손님들이 다 떠나고 나면 음식물 쓰레기와 빈 병들과 설거지, 그리고 주인인 나 혼자 남는다. 이렇게 반복되는 손님치레 과정을 귀찮거나 번거롭다고 여기지 않고 항상 즐거운 마음으로 받아들이는 이유는 무엇일지 생각해 보았다.

여러 이유가 떠올랐다. 집이 특별히 예쁘고 좋아서 자랑하려고 초대한 건 분명 아니다. 내가 사람을 좋아하고 사람에 대한 호기심이 많기 때문이라는 이유는 분명히 있다. 20대에는 친구들과 자주 만났지만, 3, 40대가 되면서 그 횟수가 점점 줄어드는 게 아쉬워서 내가 직접 그런 자리를 주선하다 보니 집으로 초대하게 된 이유도 있는 것 같다. 보고 싶은 사람들을 밖에서도 충분히 만날 수 있지만, 언제부턴가 외식할 만한 장소들이 식상하게 느껴졌던 것도 사실이다. 저녁 식사 후 2차, 3차로 자리를 옮겨 다니는 것도 불편하고 비경제적이란 생각이 들었다. 또 내가 좋아하는 사람들끼리 자연스럽게 서로 소개해 줄 수 있는 장소로 집보다 더 좋은 곳이 없다고 판단했던 이유도 있을 것이다. 내가 15년을 유럽과 미국에서 살면서 그들의 집 파티 문화에 익숙해져 있다는 점도 간과할 수 없다. 그리고 세계 여러 나라를 여행하는 동안, 집이 초라하건 화려하건 상관없이 자기 집으로 이방인인 나를 초대해 환대해 주었던 수많은 사람에 대한 기억이 남아 있어서, 조금이나마 그 은혜를 되돌려 주려는 내 나름의 노력일지도 모른다.

시인 T. S. 엘리엇은 "집은 우리의 친구들을 가족같이, 가족을 친구같이 대하는 곳이다"라는 말을 남겼다. 가장 사적이고 은밀한 공간일 수 있는 자신의 집을 남에게 공개한다는 것은, 가족만큼 신뢰하고 마음을 여는 행위로 볼 수 있다. 결코 쉬운 일은 아니다. 단 몇 시간만이라도 다른 사람에게 자기 삶이 녹아 있는 공간을 노출할 수 있으려면 때로는 용기와 자신감이 필요하다.

사업 경험이 많은 한 선배가 오래전에 이런 얘기를 해준 적이 있

화가 한생곤

다.

"혹시 누구와 동업하게 되면, 제일 먼저 그 사람의 집을 가봐야 한다. 집에 가보면 그 사람의 가족을 만날 수 있고, 취향을 느끼고, 그간 살아온 행적을 엿볼 수 있지. 그 사람이 자기 집으로 초대해주면 그건 너를 신뢰한다는 의미도 담겨 있지. 반대로 여러 가지 이유를 들어 초대를 안 하려는 의도가 엿보이면, 그 사람과는 절대 동업하지 마라."

언젠가 한 지인의 집들이에 초대받아 갔을 때, 손님들 사이에 대략 이런 대화가 오갔다.

"참 오랜만에 남의 집에 초대받아 와보는 것 같네요."

"생각해 보니 저도 그러네요."

"저도."

"요즘은 사람들이 자기 집에 초대를 잘 안 하죠."

"전에는 술 마시다가 직장 동료 집에도 종종 쳐들어가고 친구 집에도 자주 놀러 갔던 것 같은데."

"왜 그렇게 된 걸까요?"

"빈부 격차가 점점 더 심해져서 그런 거 아닐까?"

"귀찮아하는 부인 눈치 보여서에 한 표!"

"유명 브랜드 아파트가 아니어서!"

"초대할 일이 있으면 밖에서 하는 게 서로가 편하고 경제적이어서 그렇겠죠."

"전에는 돌잔치도 집에서 하고 집들이도 자주 했었는데 ……."

"요즘은 새집으로 이사 가도 집들이는 잘 안 하죠."

"이사를 자주 다니는 사람은 매번 집들이하다 살림 거덜 나게 요!"

"집이 극히 사적인 공간이라는 인식이 생겨서일까요?"

"자신이 현재 사는 집에 만족하지 못해서 그럴지도 모르죠."

"남한테 공개할 만큼 스스로 욕심에 차지 않아서?"

"개인주의 때문일지도 모르죠."

"개인주의가 발달한 서양에서는 오히려 가까운 사람을 집으로 초대하지 않나요?"

"그런 문화가 있죠. 근데 우리나라도 전에는 그랬잖아요."

"가정에서 남자의 파워가 여자한테 밀려서 그래."

"그냥 다들 사는 게 바쁘고 여유가 없어서 그런 게 아닐까요?"

내 생각엔 사람들이 손님을 집으로 초대하는 걸 망설이는 이유는 공간적인 측면도 있고 음식 준비에 대한 부담도 있는 것 같다. '상 다리가 부러질 정도로' 음식을 준비해야 한다는 정신적, 경제적 부담감과 급속도로 발달한 한국의 외식 문화가 맞물려, 집보다는 식당과 술집이 대부분 사람에게는 현실적인 선택이 될 수밖에 없을지도 모른다.

학소도에 한 번도 안 와본 지인 중에는 이렇게 묻는 이도 있다.

인왕산 →

혼자 사는데 그 많은 손님이 집에 오면 음식 준비는 누가 하느냐고. 계절과 날씨가 허락하면 마당에서 바비큐 그릴에 뭐든 구워서 대접하기도 하고, 손님들이 각자 요리 한 접시씩 가져와서 나눠 먹을 때도 있다. 음식이 모자라거나 시간이 없으면 간단히 주문해서 먹기도 한다. 텃밭에서 딴 유기농 채소와 유기농 과일, 학소도의 밀주가 메인 코스가 될 때도 있다. 나는 다만 다양한 사람들과 함께 어울려 보내는 색다른 시간과 즐거운 대화가, 학소도를 찾아온 손님 모두에게 배부른 위보다 더 큰 포만감을 주기를 바랄 뿐이다.

즐거운 추억을 담고 보존하는 집

2010 남아공월드컵 기간에 노르웨이인 친구 존 도비컨Jon Doviken에게서 이메일이 한 통 왔다. 존은 2002 한일월드컵 당시 FIFA 본부의 중책을 맡았던 사람으로, 위스키를 사랑하고 마음이 따뜻한 친구다. 이메일에서 그는 한국 대표팀의 선전을 축하하면서, 2002년 월드컵 당시 학소도 옥상에서 내 친구들과 함께 텔레비전으로 한국 대 폴란드 경기를 봤던 일화를 기억했다.

"너희 고향 집 옥상에서 봤던 한국 경기가 당시 경기장에서 봤던 개막전이나 결승전, 그 어떤 경기보다도 재밌었어. 한국 팀이 골을 넣는 순간 거기 있던 사람들이 동시에 미친 듯이 껑충껑충 뛸 때는 집이 무너지는 줄 알았지. 함께 갔던 마이클은 그 순간 밑에 화장실에 앉아 있다가 진땀 흘렸다는 거 너도 기억하지? 그래서 경기 내 내 스릴도 더 컸다구!"

이메일을 읽으면서 나도 모르게 큰 소리로 웃었다. 그날 존 외에 두 명의 FIFA 친구, 차두리 선수의 누나 차하나와 그 친구들, 내 친구들까지 서른 명이 넘는 응원단이 학소도 옥상에 모였었다. 차범근의 해설을 들으며 우리 모두 집이 떠나가라 응원했고, 한국 축구 대표팀 월드컵 본선 첫 승의 감동과 기쁨을 나눴다. 우리가 얼마나 시끄럽게 응원했던지, 늦게 온 친구 한 명이 아파트 담장에 있는 학소도 출입구를 찾지 못해 기웃거리자, 근처 놀이터에 앉아 계시던 어느 할아버지가 입구를 가리키시며, "혹시 축구 보러 왔어? 저쪽으로 들어가" 하시더란다.

어느 해였던가, 학소도는 한여름 밤의 오페라 무대가 된 적도 있다. 그 주말에도 손님이 스무 명 가까이 놀러 왔던 것으로 기억한다. 나는 손님이 도착하면 차례대로 소개하고 고기도 구우면서 술을 한잔씩 돌리며 평소와 마찬가지로 분주하고도 즐거운 시간을 보내고 있었다. 식사가 끝나고 밤이 무르익어 가자, 술잔은 더 빨리 돌았다. 그때 누군가 자기 옆자리에 앉아 있던 여자 손님에게 노래를 청했다. "이탈리아에서 성악을 공부하셨다고 하셨죠? 한 곡 부탁드려도 될까요?" 사람들의 시선이 일제히 그 여성한테 쏠렸다. 설마 하겠어, 나는 생각했다.

그런데 내 친구를 따라왔던 그 여성은 갑자기 자리에서 벌떡 일어나더니, 귀에 익은 아리아를 부르기 시작했다. 아름다운 노래였고 아름다운 목소리였다. 학소도 앞뜰에서 열린 즉흥 라이브 공연에 다들 즐거운 표정이었다. 나만 빼고는. 노랫소리가 좀 크다 싶었는데, 올려다보니 아니나 다를까, 300세대가 넘는 이웃 아파트 건물 두 동에서 많은 사람이 베란다로 나와 일제히 우리 쪽을 내려다보고 있는 것이 아닌가! 이웃에 민폐를 끼친다는 걱정에 나는 얼굴이 달아오르고 마음이 조마조마했다. 노래가 끝나자 초대받은 손님들뿐만 아니라 초대받지 않은 아파트 주민들까지 박수를 보냈다. 그때 누가 "앵콜!" 하고 외쳤다. 그러자 두 번째 아리아가 더 큰 소리로 학소도 주변에 울려 퍼졌다. 아, 안 돼! 당신들은 나중에 각자 집으로 돌아가면 그만이지만, 나는 여기 사는 사람이라고!

집과 시간과 추억. 나는 학소도가 나뿐 아니라 여러 사람에게 추억의 보물창고가 되기를 바란다. 또한 모든 집이, 그곳에 사는 그리고 살았던 사람들의 즐거운 추억들을 보존해 주기를 소망한다. 옛 친구들을 만나 오래된 기억을 하나씩 꺼내놓으면, 자기도 모르게 모두 흥분되고 들뜬 목소리로 저마다 살을 붙인다.

집이란 공간은 그 안에서 일어났던 무수히 많은 사건과 거기서 울려 퍼졌던 다양한 메아리를 기록한다. CCTV나 스마트폰에 저장하는 게 아니다. 사건과 메아리의 주인공인 그 집에 살았던 사람들과 그곳을 찾았던 이들의 기억 속에 저장하는 것이다. 그 집의 공간

내가 귀하게, 아름답게 여기는 것을 남과 나누면, 나는 즐거운 추억을 공유하게 되고 그만큼 더 행복해진다.

능소화

은 그들의 머릿속에 남아 있는 기억을 담는 그릇이다. 기억의 조각
들을 펼쳐놓을 수 있는 테이블이다. 주인공들이 원할 때 언제든지
설 수 있는 무대이기도 하다.

　개인주의 사회에서 인간은 점점 더 혼자가 된다. 외로움은 깊어
져 간다. 타인과 공유할 수 있는 기억도 점점 줄어든다. 추억을 기
록해 줄 집의 기능도 사라진다. 개인 블로그나 SNS가 사이버상의
집이 되어줄 수는 있어도, 내가 자고 먹고 숨 쉬는 땅 위의 집을 대
체할 수는 없다.

　인왕산 자락의 '살롱'은 파편화되어 가는 기억들을, 잔 조각으로
잠시 존재하다 사라져가는 추억들을, 지인들과 함께 오랫동안 간
직하고 싶은 나의 이상이자 작은 소망이다.

"에피쿠로스는 그가 도망치고 있던 현실을 항상 인식하면서, 정원이라는 안식처를 찾아냈다. 정말로 에피쿠로스에게 있어 정원은 현실 자체를 다시 생각하고, 그 가능성을 다시 그려볼 수 있는 장소였다. 아니, 이곳은 이른바 현실 세계에 짓밟힌 인간적, 사회적 덕목이 정성스레 돌보는 환경 아래에서 다시 번성할 수 있는 곳이었다."

— 로버트 포그 해리슨, 『정원을 말하다』 중에서

나의 비밀 정원

작
약

헤르만 헤세는 1908년 아버지에게 보내는 편지에 이런 내용을
적었다.

"나는 이제 내 정원 안에서 자란 과일과 채소를 보며 마음의 기
쁨을 느낍니다. 하지만 그 때문에 세상에 대한 동경을 잃어버린 것
은 아닙니다."

내가 만약 지금 아버지에게 편지를 보낼 수 있다면, 아마도 이와
비슷한 내용을 포함할 것 같다. 학소도는 도시 속 나만의 섬이고,
그 안에서 나는 자유롭고 행복하다. 나무에 기대기도 하고 꽃을 보
며 위안을 얻기도 한다. 자연이 주는 유기농 과일과 채소를 먹으며
감사하고 자연에 순응하는 법도 배운다. 허브 잎을 따서 차를 끓여

마시며 하루 종일 혼자 책을 읽기도 하고, 친구들을 초대해 밤새도록 대화하며 술을 나누기도 한다. 학소도라 불리는 이 세상에 하나밖에 없는 나만의 작은 공간 안에서, 나는 왕도 되고 시인도 되고 농부도 된다.

그러나 만약 학소도가 진짜 섬이라면, 육지에서 멀리 떨어져 바다 한가운데 놓여 있는 섬이라면, 나는 이곳에 살 자신이 없다. 만약 누가 지금 나에게 평생 일 안 하고 먹고살 수 있게 해줄 테니 서울을 떠나 어느 아름다운 산속으로 들어가겠느냐고 묻는다면, 나는 그 고마운 제안을 정중하게 거절할 것이다. 나는 지금 하는 일이 있고, 앞으로 하고 싶은 일도 많고, 대도시에서만 누릴 수 있는 역동성과 각종 편의를 쉽게 포기할 수 없다. 약속이나 모임이 있으면 언제든 서울 강북이나 강남에 위치한 장소로 부담 없이 나가고 싶고, 가끔은 음악회나 미술 전시회도 가고 싶다. 원할 때 연극도 보고 영화도 보고 싶다. 나는 천상 도시인이고, 도시의 공해와 소음과 무질서가 싫다고 해도, 도시를 등지고 숲으로 또는 농촌으로 내려가 살 자신은 없다. 세상과 연결되어 있고 싶다.

사람은 누구나 가끔 도피를 꿈꾼다. 아침 출근길 숨 막힐 것 같은 만원 버스 안에 서서 미지의 세계로 떠나는 여행을 상상하는 직장인이 있으며, 낯선 사진작가와 함께 지루한 일상과 집에서 벗어나기를 꿈꾸는 매디슨 카운티의 농부 부인도 있다. 지긋지긋한 학교와 공부로부터 도망치고 싶은 학생이 있고, 소똥 냄새 나는 농촌 마을을 떠나 도시의 화려한 생활을 꿈꾸는 소녀도 있다. 하루에도 몇 번씩 상상 속에서 아내의 품으로 달려가는 외양어선 선원이 있고, 꿈에서나마 부대를 떠나 고향으로 향하는 군인도 있다. 책을 잠시 덮고 가슴 설레는 로맨스를 꿈꾸는 노교수가 있으며 은퇴 후 귀농해 있을 자신의 삶을 매일 그려보는 공무원이 있다. 그리고 여기만 아니면 어디서든 더 행복하리라 믿지만, 어쩔 수 없이 오늘도 여기서 살아가는 또 다른 많은 사람이 있다.

물론 나도 가끔 도피를 꿈꾼다. 학소도와 서울, 한반도를 떠나 어디론가 훨훨 날아가고 싶을 때가 있다. 주말을 이용해 떠나는 국내 여행이나 해외로 나가는 기회는 그래서 일종의 해방감을 준다. 잠시나마 익숙하고 정체된 듯한 환경을 벗어나는 것만으로도 많은 것이 새롭게 느껴지고 스트레스가 풀린다. 그러나 나는 잘 안다. 내가 현실을 버릴 수도, 포기할 수도 없다는 것을. 살아 있는 한 현실의 출구는 또 다른 현실의 입구라는 것을. 차분히 들여다보면, 그 현실 안에 내가 포기하기 싫은 환희와 행복이 있다는 사실을.
인간이 자유를 추구하는 이유 중 하나는, 자신이 하고 싶은 그 무엇을 외부의 방해 없이 실행하고 싶은 욕망 때문이다. 그 숨은 동기가 단순한 도피가 아니라면, 그것은 뭔가 새로움에 대한 갈증을 해소하기 위해 몸부림치는 것일 수 있다. 나는 그 자유를, 새로움에 대한 갈증 해소를 여행에서 그리고 나의 옛집에서 찾았다. 그리고 내가 현실적으로 가장 쉽게 도피할 수 있는 세계는 학소도의 정원이다. 나의 비밀 정원. 그곳에서 나는 자유롭다. 많은 것을 잊고 즐겁게 몰입할 수 있다. 그곳에는 항상 새로움이 있다. 침묵 속에 삶이 꿈틀대고, 나는 조용히 다가가 동참한다.

자유의 그림자, 고독

친한 선배가 언젠가 술잔을 앞에 놓고 내게 이런 말을 던졌다.

"너는 문제가 뭔지 알아?"

"?"

"외로움을 너무 일찍 알아버린 게 너의 문제야!"

나는 이 말의 의미를 듣는 즉시 알아챘다. 어느 친한 친구도, 용한 점쟁이도, 심지어 나 자신도 나에 대해 이렇게 정확한 표현을 쓸 수 없다는 것도.

'외로움'은 우리 모두의 인생에 어떤 식으로든 영향을 미친다. 때와 장소와 개인의 성격과 경험에 따라 아군이 될 수도, 적군이 될 수도 있고 물론 결과론적으로 중립이 될 수도 있다. 우리는 살면서 고독을 외면하기도 하고, 절실하게 그것에 매달리기도 한다. 때로는 심지어 즐기기도 한다. 내가 어떤 사람인가에 따라, 그리고 어떤 상황에 놓여 있는가에 따라 똑같은 외로움이 정반대의 행동을 낳기도 한다.

지금까지 살아온 내 인생의 가장 중요한 주제를 꼽는다면 그건 아마도 '자유'가 아닐까. 그리고 자유의 그림자는 고독이다. 자유가 있는 곳에 고독은 항상 있다. 자유를 원하면서 외로움을 거부할 수는 없다. 잠시 무시할 수는 있을지 모르지만, 그건 마치 손바닥으로 태양을 가리는 것과 다르지 않다. 자유와 고독은 하나의 패키지니까. 최소한 내가 알고 있는 자유는 그렇다. 자유를 원하는가? 그럼 외로움을 받아들일 준비를 하라! 내가 20대 시절부터 나 자신에게 던져온 말이다.

선배 말마따나, 만약 내가 고독을 몰랐다면 나의 '문제'는 훨씬 수월했을 수도 있다. 아마도 지금쯤 평범하게 결혼해 어디선가 가정을 꾸리고 있을 것이고, 학소도로의 귀향도 없었을 것이다. 귀향 이전 그리고 이후의 인생 전개도 많이 달랐을 것 같은 예감이 든다. 나는 결코 외골수 타입은 아니다. 사람을 좋아하고, 누구하고나 어울리기를 즐긴다. 하지만 외로움이란 누군가 옆에 있다고 사라지는 것이 아니다. 주변에 많은 사람이 있다고 외로움이 겁먹고 도망치는 것도 아니다. 고독의 본질은 있던 그 자리에 그대로 남아 있다. 반대로, 혼자 있다고 해서 항상 외로움이 나를 괴롭히는 것도 아니다. 오히려 나에게 좋은 친구가 되어줄 수도 있고, 인생에 많은 도움을 줄 수도 있다.

학소도에서 혼자 살면서 나는 외로움보다는 불편함을 훨씬 많이 겪는다. 이런 불편함 중에는 지금 싱글로 혼자 살고 있거나 가족이 있어도 혼자 떨어져 생활하는 사람이라면 누구나 경험하는 것도 있을 것이고, 학소도에 사는 나만이 겪는 어려움일 수도 있다. 작은 예로 택배 수령. 오피스텔이나 아파트 혹은 다세대주택에 살면 부재중에 택배를 경비실에 맡겨놓을 수 있겠지만, 단독주택에 사는 나는 이런 경우 항상 어려움을 겪는다.

일단 처음 오는 택배기사는 기재된 우편 주소만으론 학소도를 찾아오기가 쉽지 않다. 핸드폰으로 한참 설명을 해줘야 한다. 아파트 쪽 출입구를 알려줄 때도 있지만, 그건 찾기 더 어려울 수 있다. 일단 집을 잘 찾아오면, 다음 문제가 발생한다. 주중엔 낮에 집에 아무도 없기 때문에 택배 물건을 어디다 놓고 가는가가 문제다. 깨지지 않는 물건은 가끔 문 너머로 마당에 던져놓기도 하는데, 멍멍이들이 나보다 먼저 상자를 뜯어보는 경우가 종종 있었다. 녀석들이 나 대신 문을 열고 택배를 받아주었다면 얼마나 고마웠을까. 앞뜰 문 앞에 놓고 가거나 항상 열려 있는 아파트 출입구로 들어와 뒤뜰 어딘가에 두고 가는 경우가 대부분인데, 이런 경우 날씨가 큰 변수가 된다. 밤에 내가 집에 돌아오기 전에 갑자기 비라도 내리면, 택배 내용물이 우비나 우산이 아닌 이상 심각한 문제가 발생할 수 있다.

나무에 이름을 지어주다

학소도 앞뜰에는 최소 60살 정도로 추정되는 나무가 여섯 그루 있다. 모두 내가 어릴 때부터 그곳에서 자라던 나무다. 물론 그때는 어린나무였고 지금은 어른 나무가 되었다. 내 기억으론 이 집에 나무가 더 많았는데, 내가 귀향하기까지 살아남은 나무는 단풍나무 두 그루, 향나무와 라일락나무가 각각 한 그루, 그리고 회양목 두 그루가 전부다. 회양목은 우리가 주변에서 가장 흔히 볼 수 있는 나무 가운데 하나인데, 나는 지금까지 앞뜰에 있는 것만큼 큰 회양목을 본 적이 없다. 크다고 해도 어른 키 정도인데, 한국에서 가장 큰 300년 된 회양목의 높이가 겨우 5미터도 되지 않는다고 하니 정말 더디게 자라는 나무다. 옛날에는 재질이 치밀하고 균일한 이 나무로 도장을 많이 만들었다는 얘기를 읽고, 가지치기한 가지를 다듬어 나의 첫 인감도장을 만들었다. 내가 태어났던 시기에 부모님이 심은 나무로, 세상에 하나밖에 없는 특이한 모양의 도장이 그렇게 탄생했다.

나는 어느 날 문득, 나보다도 더 오래 학소도 터에서 살았고, 나의 어릴 적 모습을 묵묵히 바라보았으며, 내가 떠나서 있는 동안에도 내내 이 집을 지켜봐 온 이 나무들에게 이름을 지어줘야겠다는 생각이 들었다. 가지가 풍성하고 여름에는 큰 그늘을 만들어 주는 앞뜰의 단풍나무는 어머니의 본명을 따서 '경순단풍'이라 짓고, 울

릉도 산 위에서 자란 것 같이 꾸밈이 없고 위엄 있어 보이는 향나무에는 아버지 호^號를 따서 '일운향^{一雲香}'이라는 이름을 붙여주었다. 봄이면 학소도 전체의 달콤한 향을 담당하는 라일락나무는 나의 성씨를 갖게 됐다 - '최라일락'! 일 년 내내 붉은 빛의 잎을 달고 있는 홍단풍나무는 아버지가 젊은 시절 유학 생활을 했던 캐나다와 오타와를 연상시켜 주어 '오타와^{Ottawa} 단풍'이라 작명했다. 뒤뜰의 '대장' 나무인 소나무는, 그 아래 구구와 학순이가 잠들어 있어 '구학송^{九鶴松}'이란 이름을 갖게 되었다.

지금 학소도의 앞뜰과 뒤뜰에 사는 나머지 나무들은 모두 내가 지난 23년간 묘목을 구해다 심은 것들이다. 가장 먼저 심은 나무 중에 거실 창 양쪽으로 벚나무가 있는데, 하나는 왕벚나무, 다른 하나는 산벚나무다. 이 두 나무 덕분에 봄이 오면 앞뜰에서 작은 벚꽃 축제를 즐길 수 있다.

두 벚나무 사이에는 머루나무가 있는데, 나는 이것이 머루나무라는 사실을 알기까지 3년이나 걸렸다. 나무 시장에서 내가 구입한 나무는 분명 '다래나무'라는 이름표를 달고 있었고 파는 사람도 그렇다고 확인해 주었다. 묘목을 심고 3년 동안 다래가 열리기를 기다렸는데, 어느 날 학소도에 놀러 온 손님이 "어, 여기 머루나무도 있네!" 하는 것 아닌가. "이거 다래나무예요!" 나는 자신 있게 말했다. 그러자 그는, "내가 어릴 적 시골에서 머루를 많이 따 먹어봐서 잘 아는데, 이건 분명 머루나무입니다" 했다. 그해 가을 나는 처음으로 머루를 따 먹었다.

한국의 묘목 유통 시스템과 관리가 허술한 탓에 이런 일은 종종 일어난다. 한번은 들쭉나무 묘목을 인터넷으로 주문해 심었는데, 10년 동안 자라도 키가 1미터밖에 되지 않아야 할 나무가 한 해에 2미터 넘게 자랐다! 그렇게 들쭉술에 대한 내 꿈은 날아가 버렸다. 흰색과 분홍색이 섞인 '프린세스 모나코'라는 장미를 심었는데 1년 뒤 첫 꽃을 보니 붉은색의 '미스터 링컨'인 적도 있었고, 옅은 보랏빛 장미를 보려고 '블루문'을 심었는데 결국은 노란색 '헨리폰다'가 피었다. 이런 경우 이미 정들어 버린 나무를 다시 파내어 환불받을 수도 없고 난감하다. '너는 나와 인연이 있나 보다' 하고 그냥 둘 수밖에.

앞뜰에는 모과나무, 감나무, 보리수 이렇게 세 그루의 유실수가 자란다. 나는 모과나무를 볼 때마다 상당히 남성스럽다는 인상을 받는다. 나무가 어릴 땐 몰랐는데, 성장하면서 나무껍질의 색상과 무늬가 점점 군인의 전투복같이 변하면서 그런 인상을 주는 것 같다. 열매 또한 살구나 사과같이 예쁘지도 않고 우락부락하게 생기지 않았나. 그러나 꽃은 의외로 아름답다. 꽃미남이라 해야 하나? 모과나무의 이웃 보리수나무는 매년 초여름 어른 손가락 마디만 한 빨간 열매를 주렁주렁 단다. 생긴 게 꼭 젤리 같은데, 맛도 젤리같이 달콤하다. 손님들에게 보리수나무를 소개하면 "아, 부처님

이 그 아래서 득도했다는 그 보리수구나" 또는 "슈베르트의 가곡에 나오는 그 보리수구나" 하고 아는 체를 하는 경우가 있다. 그러나 이 세 나무는 모두 식물학적으로 과^科가 전혀 다르다. 만약 같은 나무였다면, 부처님이 득도하시는데 이 맛있는 열매가 방해됐을지도 모른다.

조선시대 가드닝 취미

정원을 가꾸고 즐기는 일이 서양에서 수입된 또 다른 현대식 취미라고 인식하는 경우가 종종 있다. 그러나 옛 문헌을 조금만 찾아봐도, 우리 조상들이 식물을 얼마나 사랑하고 아꼈는지 쉽게 알 수 있다. 먹을거리나 땔감으로서가 아니라 취미로 말이다. 동서양의 오래된 그림과 시와 노랫말만 보더라도, 꽃과 나무에 대한 예찬이 가득하다. 그런 걸 보면 식물을 향한 인간의 사랑은 단순히 문화적인 것보다는 인간의 보편적 성향과 더 밀접한 관계가 있는 것 같다.

이미 18세기 조선에 나무와 꽃 가꾸기가 크게 성행했다고 하니 놀랍지 않은가? 그 시대에 오창렬^{吳昌烈}이라는 선비가 간화편^{看花篇}이란 시를 썼는데, 이런 구절이 나온다.

나는 어린 꽃 기르길 어린 자식 기르듯 했고, 이름난 꽃 아끼기를 명사 아끼듯 했다. 我養穉花如穉子, 我愛名花如名士.

204

지금으로 치면 청와대(대통령실) 비서관급인 승지 박사해^{朴師海}라는 사람은 매화나무를 몹시 사랑했다고 한다. 그는 어느 눈보라가 몰아치는 겨울밤에 앞뜰에 있는 매화나무가 얼까 걱정되어 잠을 설치다가 결국, 덮고 있던 집의 유일한 이불로 나무를 친친 둘렀다. 그런 다음 방으로 들어와 벌벌 떨며 부인에게 이렇게 말했다고 한다. "이젠 안 춥겠지?" 도산 정약용도 식물에 대한 관심이 유별났고, 퇴계 선생이 임종 직전 남긴 마지막 말이 그 유명한 "저 매화에 물 쥐라."라고 알려져 있다.

이런 이야기를 접하면 나는 타임머신을 타고 과거로 거슬러 올라가 옛 어른들과 식물에 대해 대화를 나누고 싶다는 엉뚱한 생각이 들곤 한다. 먼 옛날로 돌아가 친구를 만난다는 뜻의 '상우천고^{尙友千古}'라는 말처럼 말이다. 물론 당시에 모든 사람이 식물에 관심을 두거나 그런 취미 생활을 즐긴 건 아니겠지만, 내 주위 친구 중에 식물에 대해 조금이라도 관심을 두고 이야기를 나눌 만한 사람이 거의 전무하다는 건 매우 아쉬운 사실이다. 학소도의 유실수에서 딴 열매로 담근 과일주는 좋아해도, 그 나무들에 관심을 보인 친구는 지금까지 거의 보지 못했다. 들리는 얘기로는 영국의 남성 중 70퍼센트 이상이 정원을 가꾼다고 하는데, 한국에서 영국에 사는 친구를 사귈 수도 없고…….

과일 전문가 아담 리스 골너는, "우리는 과일 때문에 죽기도 하

고, 과일과 사랑을 나누며, 과일을 통해 신과 만나기도 한다"라고
했는데, 나는 과일주 때문에 취하고, 과일주 때문에 웃고, 과일주
때문에 사람을 만난다. 이 과일주는 바로 학소도의 '밀주', 일명 '스
마일주^{smile酒}'다. 학소도 뒤뜰에는 여러 그루의 과일나무가 자란다.
대봉감나무가 두 그루 있고, 그 외 앵두, 블루베리, 초크베리, 슈퍼
오디, 살구, 매화가 있다. 이 중 아직 어려 열매를 따 먹으려면 한두
해 더 기다려야 하는 나무도 있지만, 살구와 매화는 거의 매년 '스
마일주' 담그기에 충분할 만큼 열매가 열린다. 보리수 열매와 앵두
그리고 가시오가피 열매는 아직 수확하는 양이 그리 많지는 않지
만, 20리터 정도의 '밀주'를 담그기에는 충분하다.

과일나무를 키워본 사람은 잘 알겠지만, 열매가 매년 똑같이 풍
성하게 열리는 게 아니다. 나무들이 해거리를 할 때가 있기 때문이
다. 나무가 어느 해엔 갑자기 열매를 맺지 않는다는 뜻이다. 인간은
열매를 쉽게 따 먹지만, 나무가 열매를 맺으려면 적지 않은 자기희
생이 필요하다. 익어가는 나무의 과일은 임산부 배 속의 태아와 비
슷하다. 모든 식물은 종자 번식을 위해 열매를 맺고, 그 목적을 위
해 먼저 최대한 예쁜 꽃을 피우고 '임신'을 한 다음 열매를 '낳는'
다. 그래서 나무는 한 해에 많은 열매를 '탄생'시켰으면 다음 해에
는 다시 열매를 만드는 대신 재충전을 위해 푹 쉬기도 한다. 이렇게
쉬는 동안 나무는 뿌리며 가지 등 자기 몸과 건강 관리에 힘을 쏟
는데, 참 신기하지 않은가! 한편으론 부럽기도 하다. 모든 직장인이

몇 년에 한 번씩 해거리를 할 수만 있다면 얼마나 좋을까.

나에게 생기를 주는 식물

『기적의 사과』라는 책이 있다. 기무라 아키노리木村秋則라는 일본의 한 고집쟁이 농부가 농약을 쓰지 않아 죽어가는 사과나무들과 9년 동안 인생을 걸고 동고동락하다 결국 '세상에서 가장 맛있는' 무농약 사과를 재배하게 된 감동적인 실화를 담은 책이다. "사과는 인간이 만드는 것이 아니라 나무가 만든다"라는 철학으로 인간이 아닌 나무와 자연의 입장에 서서 '기적의 사과' 재배에 성공하는 과정을 기록한 이 책에는, 한 가지 불가사의한 이야기가 나온다.

농약을 전혀 쓰지 않은 과수원은 벌레들의 천국이 되었지만, 사과나무들에게는 지옥이 되었다. 그래도 계속 무농약을 고집하던 기무라 씨는 어느 밤, 자신의 무모한 도전 때문에 서서히 말라 죽어 가는 사과나무 한 그루 한 그루를 돌며 고개 숙여 사과했다. "힘들게 해서 미안합니다. 꽃을 안 피워도, 열매를 안 맺어도 좋으니 제발 죽지만 말아주세요." 수년 후 그의 사과나무들은 농약의 힘을 빌리지 않고 자력으로 대부분 살아남았는데, 신기하게도 그가 이웃 사람들을 의식해 인사를 건네지 않았던 과수원 경계에 있던 나무들은 예외 없이 모두 죽었다고 한다.

어쩌면 미신 같은, 동화책에나 나올 법한 이야기로 들릴지 모르지만, 나는 결코 기무라 씨가 꾸며낸 말이라고 생각하지 않는다. 우리가 사는 세상에서 과학으로 설명할 수 있는 것은 그렇게 할 수 없는 것에 비하면 미미하지 않은가? 식물만 두고 봐도, 인간이 알고 있는 것보다 모르는 것이 훨씬 많은 게 사실이다.

영국 글래스고대학의 맬컴 윌킨스 교수는 "식물은 인간이 생각하는 것보다 훨씬 예민하고 감정을 지닌 생명체"라고 말하면서, "식물 역시 잘릴 때는 동물의 피에 해당하는 투명한 액체를 흘리고, 수분이 아주 모자라 '목마를' 때는 사람의 귀에는 들리지 않는 비명을 지른다"라고 주장한다.

나는 식물이나 동물을 의인화하는 사고를 극히 경계한다. 키우는 화초나 애완견을 너무 사랑한 나머지, 인간과 동일하게 취급하거나 어떤 현상이나 행동을 인간의 방식으로 이해하려는 시도는 어리석으며 자칫 위험할 수도 있다. 아이는 아이 눈높이로 이해해야 하듯, 식물은 식물로서, 동물은 동물로서 바라보아야 한다. 식물의 세계에는 인간이 도저히 알 수 없는 진실로 가득하고, 동물의 세계에는 그들만의 규칙과 살아가는 방식이 있는 것이다. 인간은 이러한 자연의 세계를 조금 엿볼 수는 있어도, 인간의 잣대를 들이대며 잘 안다고 자부할 수는 없다. 그건 자만이고 오만이다. 우월감이고 거만함이다.

학소도 뜰을 거닐 때면 가끔, 신비로운 자연의 세계로 여행을 떠나는 듯한 환상에 빠진다. 영국의 저명한 정원사 러셀 페이지는 "정원을 만들 때 우리는 미처 예기치 못한 풍부한 세계로 들어선다"라고 했다. 귀로 들을 수 있는 단 한 마디도 내게 건네지 않지만, 키 큰 나무와 키 작은 나무, 덩굴나무, 야생화, 허브들은 내가 모르는 많은 이야기를 알고 있는 것 같다. 그래서 자연의 침묵은 나의 호기심을 더욱 자극한다.

학소도의 뜰에서 나는 여행을 하듯 즐겁게 방황하고, 예기치 않은 만남을 통해 새로움을 경험한다. 밖의 현실에서 잃어버린 생기를, 나의 도피처인 비밀 정원에서 되찾는다.

흰양말

강부자

백수

새댁

짤꼬

학소도에 놀러오는
손님 길냥이들

네로 & 푸틴

까칠이

"Il faut cultiver notre jardin."

"We must cultivate our garden."

"사람은 자신의 정원을 가꾸어야 한다."

— 볼테르, 1759, 『캉디드』 중에서

자연이 말해주었다

향수선화

덩굴성 식물이란 줄기가 곧게 자라지 않고 벽이나 나무 등을 감거나 붙어서 자라는 식물을 말하는데, 학소도에는 여러 종류의 덩굴성 식물이 자란다. 봄에 크고 화려한 꽃이 피는 클레마티스도 있고, 꽃향기가 너무나 달콤한 인동, 한여름에 화려한 자태를 뽐내는 능소화도 있다. 그중에서도 나의 발걸음을 자주 멈추게 하고 시선을 넓은 벽면으로 이끄는 식물은 아이비와 담쟁이덩굴이다.

서로 모양이 비슷한 것 같기도 하지만, 우리가 주변에서 흔히 볼 수 있는 담쟁이덩굴은 가을에 단풍이 들고 낙엽이 지는 포도과 나무인 데 반해, 아이비는 두릅나뭇과의 늘 푸른 나무다. 그래서 아이비는 한겨울에도 벽에 붙어 있는 짙은 녹색 잎을 감상할 수 있다. 우리가 알고 있는 미국 북동부 '아이비리그^{Ivy League}'의 이름도 바로

이 덩굴성 식물에서 유래한 것이다. 아이비리그에 속하는 브라운, 컬럼비아, 코넬, 다트머스, 하버드, 펜실베이니아, 프린스턴, 예일은 모두 미국에서 가장 오래된 대학들이고, 100년 이상 된 많은 대학 건물 벽들이 실제로 아이비로 덮여 있다.

아이비와 담쟁이덩굴은 내가 학소도에 정착하고 제일 먼저 심은 나무에 속한다. 이웃 아파트와의 경계인 축대 벽면과 집 건물 벽면이 너무 밋밋해서 큰 기대 없이 심어봤는데, 한 뿌리에서 여러 줄기가 갈라져 벽을 타고 퍼지는 모습이 신기했다. 특히 담쟁이덩굴은 특유의 흡착근을 이용해 빠르고 거침없이 벽면을 덮어나간다. 겨울 동안엔 앙상한 가지만 벽에 붙어 있다가, 봄이 오고 기온이 오르면 순식간에 싱싱한 잎으로 시멘트 담벼락이든 붉은 벽돌이든 구분하지 않고 푸른 갑옷을 입힌다. 가을에는 알록달록한 단풍이 또 얼마나 예쁜지!

반면 아이비는 잎이 담쟁이덩굴의 잎보다 많이 작고 성장 속도가 훨씬 더디다. 내가 처음 어린 아이비를 앞뜰에 심을 때만 해도 서울에서는 노지 월동이 불가능하다고 했다. 아이비가 밖에서 겨울을 지내기에는 너무 춥다는 것이다. 주위에 보면 그런 이유로 아이비는 대개 실내에서 장식용으로 화분에 많이 키우고, 외벽을 타고 오르는 큰 아이비는 보기 힘들다. 나는 시험 삼아 집 벽면 가까이 두 뿌리를 심었는데, 신기하게도 이 녀석들이 첫 겨울을 잘 견디고 지금까지 23년째 건강하게 자라고 있다. 처음 심은 아이비가 번식도

해서 지금은 학소도 외벽을 거의 다 덮고 있는데, 하얀 눈 내리는 겨울에도 푸른 잎을 유지하는 모습이 돋보인다.

내가 이 매력적인 담쟁이덩굴과 아이비에 특별히 끌리는 이유는 또 있다. 다른 크고 작은 나무들은 사실 얼마든지 다른 장소로 이식이 가능하지만, 이 두 덩굴나무는 불가능하다. 옮겨 심는다 해도 벽에 붙은 가지 대부분을 포기해야 한다. 수십, 수백 갈래의 가지들이 담고 있는 10년, 50년, 100년 세월의 흔적을 포기하고, 원년에서 다시 시작해야 한다. 이 가지들은 셀로판테이프나 강력 본드로 벽에 붙일 수 있는 장식품과는 다르다. 가지 하나하나가 흡착근으로 자기 몸을 벽에 밀착하면서 전진하는데, 이것을 떼어내면 사람의 손으로 원상 복구할 수가 없다. 마치 산악인이 피켈과 아이젠, 하켄 등을 이용해 빙벽을 오르다가 미끄러지면 다시 밑에서 시작해야 하듯이.

언젠가 신문에 이런 기사가 실렸다. 강남의 어느 고급 아파트 단지에서 10억이 넘는 예산으로 고령의 소나무 한 그루를 단지 한가운데에 심었는데, 나무가 뿌리를 제대로 내리지 못하고 비실비실한다는 것. 오랜 세월을 살았던 땅에서 어느 날 파헤쳐져 먼 길을 떠나온 그 소나무도 불쌍하고, 나무를 관리하는 사람들, 그리고 죽어가는 소나무를 바라봐야 하는 주민들 모두 안됐다는 생각이 들었다.

우리 주변에는 돈만 있으면 축적된 세월까지도 살 수 있다고 믿는 사람들이 간혹 있는 것 같다. 한 기업인이 피땀 흘려 이룬 회사를 인수해서 하루아침에 새로운 주인이 될 수는 있어도, 그 기업인이 거쳐온 삶의 과정까지는 인수할 수 없다. 오랜 전통과 역사를 자랑하는 미 동북부 명문 대학들이 아이비스쿨로 불리는 이유는 아이비라는 나무가 그 전통과 역사를 상징적으로 말해주기 때문이다. 어제 세운 대학 캠퍼스에 200년 된 대학의 건물을 옮겨 온다고 할지라도, 외벽을 덮고 있는 아이비는 그대로 옮겨 올 수 없다. 그것은 절대로 불가능하다.

삶의 주제와 연속성

개인의 인생도 하나의 역사요, 자기 스스로 삶의 역사가다. 나는 가끔, 사람들은 과연 어떤 '삶의 주제'를 가지고 살아갈까, 궁금할 때가 있다. 삶에서 어떤 테마를 의식하면서 살아가는 사람도 있을 것이고, 어떤 삶의 목표나 방향을 가지고 꾸준히 살다 보면 어느 순간 자신의 인생을 잘 표현해 주는 하나의 주제를 발견할 수도 있을 것이다. 물론 삶의 목표란 각양각색이고, 그래서 '삶의 주제' 또한 다양할 수밖에 없다. 그렇다 해도, 한 인간의 삶을 관통하는 하나의 커다란 줄기, 희미하게나마 하나의 주제가 존재하지 않을까? 그 사람의 정체성이라고 할까, 태어나서 죽을 때까지, 과거·현재·미래의 조각들을 하나로 묶어주는 연속성이란 것이 존재하지 않을까?

우리가 자동차를 새로 구입했다고 가정해 보자. 내가 일 년 뒤에 이 차를 다른 새 차로 바꿀 계획을 하고 있을 경우와 수명이 다할 때까지 이 차를 타겠다는 강한 의지가 있을 경우, 신차에 대해 갖는 태도는 이 두 경우 사이에 분명 차이가 있을 것이다. 정성, 투자, 애착의 차원에서, 내가 신차를 대하는 심리적 태도는 다를 수밖에 없다. 일 년 뒤 이별할 자동차와 평생 함께해야 할 자동차는, 단절의 심리와 연속의 심리를 대변할 수 있는 하나의 예다.

친구와의 관계, 회사와의 관계, 배우자와의 관계, 이웃과의 관계 등 모든 관계는 우리가 어떤 시간적 연속성 속에서 대하는가에 따라 그것의 성격과 깊이가 달라진다. 개인이 자신의 과거를 잊지 않고, 국가가 지나온 역사를 부인하지 않는다면, 과거와 현재와 미래는 서로 연결되어 있고 그 개인과 국가는 연속성을 갖게 된다. '삶의 주제'가 생기고 '전통'이 유지되는 것이다.

그렇다면 개인과 국가에게 연속성이란 어떤 의미를 갖는가? 생각의 연속성은 안정을 제공한다. 지속된다는 건 예측 가능성을 의미하고, 불확실한 미래에 대해 어느 정도 예측과 기대를 할 수 있다는 말은 희망이 있다는 말이기도 하다. 반대로, 미래에 대한 희망, 기대, 예측하려는 노력을 포기한다면, 연속성은 의미가 없어진다. 삶을 이어주는 주제는 존재하지 않고, 국가의 전통과 역사는 그냥 과거에만 존재했던 기록에 불과하다.

내가 바라보는 한국 사회와 한국인은 과거를 존중하고 이어가려는 노력보다 단절하려는 성향이 지나치게 강하다. 과거는 가급적 빨리 버리고 미래를 향해 '새롭게' 달려가기 바쁘다. 무수히 많은 징후 중 한 예로, 국민의 이익을 대변해야 하는 정치 정당의 이름이 수시로 바뀌는 걸 보라. 같은 정치인들이 간판을 바꾸고 '새롭게 시작한다'고 주장한다. 나라 살림을 책임지는 중앙 행정부처는 또 어떤가? 정권이 바뀔 때마다 정부 조직 개편이라는 명분 아래 부처 이름이 지난 20년간 몇 번이나 바뀌었나?

아파트 이름도 언제부턴가 외래어로 또는 외래어를 흉내 낸 이상한 이름으로 교체되기 시작했다. 외국어를 좀 한다는 나도 무슨 뜻인지 금방 와 닿지 않는 어려운 단어들이 수두룩하다. 새로 짓는 아파트뿐 아니라 기존 아파트들도 원래의 한글 이름을 버리고 있다. 과거에서 현재로 이어지고 미래로 뻗어나가는 연속성은 필요 없다는 것이다. 미래만이 중요하다고 한다. 한국을 사랑하는 어느 외국인이 한국 전통 한옥의 철거에 반대해 법원에 소송을 제기했다는 사실은 참으로 부끄러운 일이다.

가치 있는 느림

오래전 스페인 친구의 고향 집에 초대받아 간 적이 있다. 스페인에 있는 발렌시아^{Valencia}라는 도시인데, 그녀가 부모님과 함께 사는

집은 4대에 걸쳐 그녀의 조상과 가족이 살아온 100년이 넘은 주택이었다. 이웃에는 150년, 200년 된 집도 있다면서 그녀의 아버지는 별로 대수로이 여기지 않는 표정이었지만, 집을 둘러보던 나는 묘한 감정에 사로잡혔다. 집 건물도 나이에 비해 잘 보존되었고, 그 안 구석구석에 있는 물건들은 그 집의 역사를 고스란히 보존하고 있었다. 의자 하나, 벽에 걸린 액자, 거울, 재떨이와 유리잔 하나도 과거에 그 집에 살았던, 그리고 지금 살고 있는 사람들의 흔적이 묻어났다. 증조할머니가 와인을 따라 마시던 유리잔으로 내 친구가 와인을 마시고, 할아버지가 즐겨 앉던 소파에 지금은 그녀의 아버지가 앉아서 신문을 보고, 증조할아버지가 재를 털던 재떨이에 그녀의 오빠가 시가cigar 재를 털고 있었다. 뭐 그리 대단한 모습이 아닐지도 모른다. 그녀의 집에도 최신 유행 스타일의 의자나 새 장식품들은 있었다.

일단 나는 궁금했다. 내가 태어나기 전에 부모님이 태어나셨고, 그 전의 조상들이 존재했다는 구체적인 흔적들을 매일 접하는 느낌은 어떤 것일까? 제사상에서 막연히 상상만 하는 조상이 아니라, 나에게 유전자DNA를 물려준 조상이 실제로 앉아 있던 책상에 나도 앉아서 책을 보는 느낌이란? 또한 나는 신기했다. 어떻게 이런 물건들이 아직 남아 있는 거지? 내가 지금 쓰는 머그잔과 책장을 잘 관리하면 100년 후에 내 후손도 쓰고 있을까? 할아버지의 할아버지가 쓰던 물건들을 만지며 나를 가끔 상상할까? 나는 부러웠다.

한국은 100년 전 세계에서 가장 가난한 나라 중 하나였고, 73년 전 전쟁으로 그나마 남아 있던 대부분이 잿더미 속으로 사라졌다. 스페인은 100년 전 세계에서 가장 부유한 나라 중 하나였고, 그 유산을 자손들이 잘 보존하고 있다는 사실이 부럽게 느껴졌다.

인간이든 국가든, 과거와 현재가 하나의 큰 흐름으로 연결되어 있다면 그 연속성은 안정감을 준다. 그리고 그 안정감은 삶을 가끔 느리게 즐길 수 있는 여유를 허락한다. 과거와 현재 사이에 차분한 대화가 가능하다. 반면, 빠르게 새것으로 교체되는 단절은, 속도를 의미한다. 과거와 현재가 수시로 단절된다면, 대화를 빨리 끝내야 한다. 여유가 없다. 서둘러야 한다. 버리고 파괴하고 묻어야 한다. 미래를 향해 뛰어야 한다. 그래서 바쁘다. 바쁠 수밖에 없다.

나는 학소도에 살면서 깨달았다. 세상은 분초 단위로 움직이지만, 자연은 느림의 세계라는 것을. 텔레비전 화면은 쉴 새 없이 반짝거리고 움직이지만, 꽃과 나무는 가끔 바람에 반응할 뿐 결코 가볍게 존재하지 않는다는 것을. 이창호 9단은 한 인터뷰에서, 어떻게 느린 행마로 스피드를 제압할 수 있었느냐는 질문에 이렇게 대답했다. "느림에도 가치 있는 느림이 있다. 가치 있는 느림은 스피드를 따라잡을 수 있다." 우보천리牛步千里에 담긴 오래된 지혜를, 나는 자연에서 확인한다.

무엇엔가 항상 쫓기고, 무슨 이유에서인지 항상 초조하고 조급한 현대인에게 느림은 인내를 가르친다. 그리고 인내 없이는 '사랑'과 '자연'에 다가가기 어렵다. 이 두 단어는 언제 들어도 감미롭다. 동서고금의 수많은 시인이 사랑을 노래했고, 그에 못지않게 자연을 예찬했다. 그러나 사랑과 자연 모두 어떤 천상의 목소리로 불려도, 어떤 미문으로 표현돼도, 어떤 천재 화가의 붓끝으로도 직접 체험의 경지에 다가가기에는 한계가 있다.

봄날의 철쭉꽃이나 한여름의 능소화 한 송이를 손바닥 위에 놓아본 적이 있는가? 눈으로 꽃 가까이 다가가 꽃술을 관찰하고 꽃잎의 모양과 무늬를 감상해 본 적이 있는가? 손가락으로 꽃잎을 살며시 문질러보고 그 감촉을 느껴본 적이 있는가? 고유의 향을 맡아보고, 꽃잎 하나 따 씹어본 적이 있는가? 사랑에 빠진 사람도 이 모두를 경험해 봐야 사랑이 더 완벽해지는 걸 실감할 수 있지 않은가?

학소도에서 야생초처럼 자라는 허브 레몬밤이나 애플민트 잎을 한 주먹 따서 양 손바닥으로 비비면, 달콤한 레몬 향과 사과 향이 뇌로 스며들어 기분이 좋아진다. 폐로 전달된 향은 마음을 들뜨게 한다. 신선한 상추를 씹을 때의 치감과 혀로 느껴지는 새로움도 나를 즐겁게 해준다. 콩알만 한 열매가 매일 조금씩 조금씩 커가면서 마침내 살구색 살구 열매가 되어 내 손안에 쥐어질 때, 감색 감 하나가 손안을 가득 채울 때 나는 희열을 느낀다. 인터넷에서 접하는 그 어떤 고화질 사진도 이 기분을 대신할 수 없다. 이처럼 사실적일 수도, 자연다울 수도 없다.

자연의 창조물을 바라볼 때면, 인간의 예술이란 자연을 모방한 짝퉁에 불과하다는 생각이 든다. 인간은 오리지널인 자연을 보호할 의무를 갖는 건 물론이요, 자연에 조금이라도 더 다가갈 수 있도록 노력해야 한다. 자연에서 느림과 인내를 배워야 한다. 나는 그러고 싶다.

나는 또한 자연에서 정직한 사랑을 배운다. 씨를 뿌린 만큼 거두고, 사랑의 씨앗을 뿌린 만큼 나는 사랑을 돌려받는다. 행복한 부모가 행복의 씨앗을 자식에게 뿌리면, 행복한 자식은 부모에게 행복을 돌려준다. 기업가가 뿌리는 열정의 씨앗은 열정적인 직원, 기업으로 자라나고 결국 풍성한 열매로 돌려준다. 봄이 와도 나의 게으름으로 학소도 뜰에 씨앗을 뿌리지 못하면, 나는 신선한 유기농 채소와 아름다운 꽃들을 즐길 수 없다. 봄에 씨앗만 파종하고 한여름에 돌보지 않으면, 가을에 열매를 수확할 수 없다. 예외란 없다. 이들은 하늘에서 떨어지는 것이 아니라 땅에서 나는 것이기 때문이다.

자연은 또한 내 사랑이 다다를 수 있는 한계를 알려준다. 나는 땅을 사랑하지만, 학소도가 허락하는 그 정도만 사랑하고 싶다. 아니 그 정도만 내가 즐기고 가꿀 수 있을 것 같다. 귀농을 결심하고 지방으로 내려가 몇천, 몇만 평의 땅에 과수원을 가꾸고 농사를 짓는 이들은 대단히 용기 있는 사람들이다. 도시의 편리함과 가까운 가족, 친구들을 두고 많은 희생을 감수해야 하는 쉽지 않은 결단이다.

"나는 정원을 너무너무 사랑해요. 어쩔 줄 모를 정도예요. 정원 가꾸는 일만으로도 내 마음은 늘 행복으로 가득해져요."

이 말은 미국 북동부 지역 뉴잉글랜드 지방에서 30만 평의 숲과 정원 속에서 반평생을 살았던 동화작가 타샤 튜더의 진심이었을 것이다. 나도 학소도의 식물들을 사랑하고 그들 옆에서 행복을 느끼지만, 그 이상의 땅과 나무와 꽃들을 사랑할 자신은 솔직히 없다. 그만큼 부지런하지도, 자연을 대하는 마음이 아직 충분히 겸손하지도 못하다. 또한 나의 열정을 다른 일들과 나누고 싶은 욕심도 포기할 수 없다. 사실이다.

나는 『월든』의 헨리 데이비드 소로가 되어 숲으로 들어가기보다는, 도시 안에서 그나마 남아 있는 자연과 친하게 지내고 싶다. 학소도의 넓지 않은 뜰에서 자라는 나무들과 친구하고, 길을 걷다 지나치는 나무들에게 알은척해 주고 싶다. 자연 사랑은 내 주변에 있는 식물의 이름을 익히고 지나가면서 한 번씩 이름을 불러주는 것으로 시작할 수 있다고 나는 믿는다. 현실이 되어버린 지구 기후 위기에 맞서 우리가 대항할 수 있는 첫걸음이기도 하다. 거창하게 인식할 문제가 아니다. 자연이냐 문명이냐 둘 중 하나를 선택해야 하는 극단적인 상황도 아니다. 인간은 현실적으로 둘 다 필요하지 않은가! 나중에 나이가 들면 흙도 만지고 식물도 가꾸겠다는 생각은 마치, 이러이러한 사람들은 내가 나중에 시간이 많이 남으면 사귀어 보겠다는 생각과 크게 다르지 않다. 별로 중요하지도 않고 내가 언제든지 원하면 선택할 수 있다는 자기중심적인 사고다.

우리가 이웃 사람들을 존중하고 배려하듯, 내가 사는 아파트 단지, 내 직장 주변, 내가 통학하는 도로변의 식물들에 조금만이라도, 지금 당장 관심을 둔다면 우리는 곧바로 자연과의 사랑을 시작할 수 있다. 그리고 그 사랑은 언젠가 우리에게 돌아온다. 내가 학소도에서 배운 귀중한 진리다.

'**자연스러움**'은 심적으로, 정신적으로 평온한 느낌을 준다. 우리 중에 '자연스러움'이 불편하다고 말할 수 있는 사람이 있을까? 그런데, 그 단어 안에는 '**자연**'이 있다. **'자연'과 멀어지면서 혹시, '자연스러움'도 함께 사라지는 건 아닐까?**

꿈

그것은 늘 같은 꿈이다.
붉게 꽃 피는 마로니에
여름 꽃이 만발한 정원
그 앞에 외로이 낡은 집 한 채.
거기, 고요한 정원이 있는 곳에서
내 어머니는 나를 요람에 뉘었다.
아마도 ―그건 너무 오래전이다―
정원과 집과 나무는 이제 없어졌을지도 모른다.
어쩌면 지금은 풀밭이 되었을지도 모르고
쟁기나 써레가 밀고 지나갔을지도 모르고
고향, 정원, 집, 나무는
내 꿈속에만 있을지도 모른다.

- 헤르만 헤세

학소도의 사계

금
낭
화

나는 일 년 내내 학소도의 겨울을 준비한다. 봄, 여름, 가을에 가지치기한 나뭇가지들을 마당 한쪽에 땔감으로 쌓아놓는다. 이웃 아파트 경비 아저씨들도 땔감이 될 만한 나무가 있으면 담장 너머로 학소도 뜰에 던져놓고 간다. 어차피 아파트에서는 돈을 주고 나무를 버려야 하고 나는 그것을 유용하게 쓸 수 있으니, 그야말로 서로 '윈윈'인 셈이다.

언제부턴가 장작불 없는 겨울의 학소도는 상상하기 힘들어졌다. 봄, 여름, 가을 동안 뜰에 사는 초록이 친구들이 선물하는 화려한 꽃들을 대신해, 거실에 있는 투박한 주물 난로는 나에게 다양한 불꽃을 즐기게 해준다. 불길의 열기는 실내 온도를 덥힐 뿐 아니라 마음도 포근하게 해준다. 보일러를 켜면 언제든지 따뜻한 '열'은 얻을 수 있지만, 나무가 타면서 몸으로 전해지는 '불'은 전혀 다른 느낌이다. 나무는 겨울이 되어도 참 고맙다. 겨울에 땔감을 주고, 땔감은 인간에게 따뜻함을 주고, 그 재는 다시 학소도의 자연으로 돌아간다.

"어린애가 아니더라도 불을 피우는 일은 언제나 신기하고, 따뜻한 불기운과 마른 잎 타는 냄새는 행복한 느낌에 젖어 들게 한다."

소설가 오정희의 말에 나는 동감하지 않을 수 없다. 소설가 이효석은 그의 유명한 수필 『낙엽을 태우면서』에서, "낙엽 타는 냄새같이 좋은 것이 있을까. 갓 볶아낸 커피의 냄새가 난다"라고 썼는데, 나는 솔직히 낙엽을 태우면서 커피 원두 비슷한 향을 맡아본 적이 없다. 커피 원두를 직접 볶아보면 혹시 내가 알고 있는 낙엽 타는 냄새가 날까? 어느 겨울엔 마른 낙엽을 난로 속에 한꺼번에 너무 많이 넣는 바람에, 갑자기 난로 뚜껑이 벌컥 열리면서 연기가 내 얼굴을 커피 원두 색으로 칠한 적은 있다.

현대 체코 문학의 아버지 카렐 차페크는 학소도에서 겨울을 지내는 나를 이미 100년 전에 이미 꿰뚫고 있었던 것 같다. 약간 과장되고 매우 유머러스하게 표현했지만, 놀라울 따름이다!

원예가는 (…) 원예용 카탈로그와 팜플릿과 책과 잡지로 목까지 파묻혀 겨울잠을 잔다. (…)

원예가는 카탈로그를 펼치고 무슨 일이 있어도 이것만큼은 꼭 갖고 싶고, 반드시 주문할 필요가 있다고 생각되는 것에 밑줄을 친다. 따라서 마구 잡이로 표시하다 보면 만사를 제쳐두고서라도 꼭 있어야 할 숙근초가 처음에는 490종류나 된다. 그러나 그것을 다시 계산해 보고 냉정을 되찾아 올해는 체념하기로 한 식물의 밑줄을 마음 아파하면서 지워야 한다. 하지만 그러고도 다섯 번씩이나 비통한 마음으로 정리한 뒤에야 '가장 신중해야 할, 보람이 있는, 절대로 꼭 필요한' 식물을 120종류로 간신히 줄일 수 있다. 그리고 충동적으로 재빨리 주문서를 작성한다.

'3월 중순에 발송해 주기 바랍니다.'

— 카렐 차페크, 『원예가의 열두 달』 중에서

긴 겨울밤에 새로 배달된 카탈로그를 넘기면서 '최상의 블루베리 핑크 샴페인' '해외 직수입 고급 원예품종' '원예 개량종 특선' '기적의 열매! 미라클푸르츠', 이런 매혹적인 제목과 그보다 더 유혹적인 사진을 보고도 어떻게 인터넷 주문 창의 확인 버튼을 누르지 않을 수 있겠는가! 결국 다음 날 아침, 학소도에는 더 이상 묘목 한 그루 심을 땅이 남아 있지 않다는 사실을 인정하고는 이미 주문 결제한 일을 후회하고 만다.

겨울이 찾아와도 '인왕산 살롱'은 휴업하지 않는다. 아파트에서는 불가능한 장작 난로의 따뜻한 불을 즐기며 학소도 손님들의 세

가끔 현실의 삶에서 권태나 좌절을 느낄 때, 학소도의 사계절은 나에게 속삭인다.
모든 건 변하고 새로움이 바로 코 앞에 있다고.

상 사는 이야기는 이어진다. 광활한 시베리아 자작나무숲 속 외딴 집에 온 듯한 착각이 드는 걸까. 밖에 눈이 내리고 있거나 아스팔트 도로에는 이미 녹아 없을 하얀 눈이 집 뜰에 소복이 쌓여 있으면, 주인장과 손님들은 더 열을 내고 시끄러워진다. 마치 바다 위 외딴 섬에 갇혀 오늘 밤만이라도 육지를 잊고 싶은 사람들처럼……

봄, 초록이와 새들의 향연

3월의 학소도. 겨울의 긴 정적을 깨고 여기저기서 봄의 종소리가 울려 퍼진다. 그것은 인간이 들을 수 없는 봄꽃들의 아우성이기도 하다. 그러면 나는 마치 초인종 소리를 듣고 오랜만에 재회하는 친구를 마중하듯 서둘러 밖으로 뛰어나간다. 겨울잠에서 깨어난 대지가 기지개를 켜며 하품하면, 대지 위의 식물들은 갑자기 분주해진다. 대지의 하품은 자명종 소리이자 신호탄이다. 준비를 끝낸 나무들은 기다렸다는 듯 순서대로 자기만의 꽃을 자랑한다. 노란 영춘화가 제일 먼저 작은 얼굴을 내밀고, 복수초가 마른 잎 사이에서 빛을 낸다. 산수유도 이에 질세라 노란 꽃으로 나무 전체를 치장한다. 매화나무도 수줍은 듯이 하나둘 꽃잎을 활짝 벌린다.

아침저녁으로 학소도의 뜰을 거니는 즐거움은 다른 관심사를 무색하게 할 정도로 압도적이다. 영춘화, 복수초, 크로커스, 산수유, 매화, 수선화가 새로운 출발의 신호탄을 보내고 사라지면, 신록의

물결이 잔잔히 밀려온다. 신록과 더불어 화려한 꽃들이 여기서 불쑥, 저기서 불쑥, 고개를 든다. 그사이 벌들은 날개 위의 먼지를 털어낸다. 그러고는 맑은 봄 공기를 들이마시며 이 어여쁜 새색시 꽃들을 방문한다. 학소도의 주인장도 자연의 축제를 놓칠까 두려워, 아침에 눈을 뜨기가 무섭게 현관문을 열고 앞뜰로, 텃밭으로 달려간다. 좋아하는 드라마의 시작을 놓칠세라 황급히 텔레비전 리모컨을 찾는 사람처럼. 지난밤 이후로 초록이들의 향연이 얼마나 어떻게 더 진행되었을까? 궁금한 마음으로 조급히 자연으로 향한다.

4월의 시작과 함께 불꽃놀이가 아닌 자연의 꽃놀이가 본격적으로 펼쳐지고, 학소도 뜰을 걷는 나는 감탄과 감동에서 쉽게 벗어나지 못한다. 목련, 개나리, 앵두, 살구, 자두, 벚, 모과, 배, 라일락, 꽃사과나무가 서로 경쟁이라도 하듯 꽃을 활짝 피우는 사이, 몸을 쭈그리고 앉지 않으면 잘 보이지 않는 제비꽃과 할미꽃 같은 여러 야생화들이 소박한 미모를 자랑한다. 물론 학소도의 다양한 매발톱꽃들도 빠지면 섭섭하지. 구근식물인 아이리스, 무스카리, 튤립과 알리움, 지중해의종Bells of Mediterranean도 겨울잠에서 깨어나 화려한 꽃을 선보인다. 눈이 부실 정도로 빨간 만첩홍도꽃이 떨어진 나무 주위는 마치 고운 양탄자를 깔아놓은 듯하다. 그사이 개나리, 진달래, 철쭉, 클레마티스, 아스틸베도 질세라 꽃을 만개한다.

꽃 폭죽이 잠잠해지는가 싶으면, 오죽의 죽순이 이웃한 조릿대의 죽순과 경쟁하며 밤새 단단한 흙을 뚫고 여기저기에 솟아나 있다. 싱싱한 새잎들은 하루가 다르게 나무들을 뒤덮는다. 담장의 병꽃나무꽃들이 마치 우리를 잊으면 섭섭하지요, 외치듯이 개나리꽃들이 지나간 공백을 채운다. 사람 얼굴만 한 불두화는 석가탄신일에 맞춰 가장 화려한 자태를 선보인다. 다음은 꽃의 여왕이 등장할 차례. 5월의 시작과 함께 수백 송이의 장미꽃이 분주히 축제를 준비한다. 작약도 질세라 그 크고 화려한 꽃을 자랑한다. 터앝의 채소들은 잎을 활짝 벌리고, 빨간 딸기는 잎 아래 숨어서 사람의 손길을 기다린다.

셰익스피어의 표현을 빌리자면, 봄은 '일 년 중 가장 감미로운 시기'인데, 정말 맞는 말이다. 벌과 나비가 된 것같이 이 환상적인 자태에 끌려 꽃들에게 다가가면, 나도 모르게 멍하니 넋을 잃고 만다. 세상의 어떤 그림이, 어떤 조각이 이처럼 나의 시선을 빨아들일 수 있을까. 자연의 신비, 자연의 자연스러움이 시간을 잊게 하고 세상의 근심으로부터 나를 해방한다. 잠시만이라도.

이맘때면 학소도를 찾아오는 반가운 손님이 있다. 딱새 신혼부부다. 오래전에 땔감으로 쓰기에는 너무 아까운 고급 궤짝이 있어 어설프게나마 새집을 만들어 거실 창 옆에 걸어놓았는데, 어느 날 딱새 부부가 입주해 있었다. 부동산에 집을 내놓은 적도 없고 인터넷에 광고도 하지 않는데, 이 부부는 어떻게 알고 찾아왔을까? 딱

흐르는 작은 물줄기가 바위를 뚫
듯, 살아 몸부림치는 새잎은 온 힘
을 모아 낙엽을 들어 올린다. 여리
기만 한 어린잎에게는 결코 만만한
장애물이 아닐 텐데...... 생명 앞에
서, 살아 숨 쉬는 자연을 느끼며 뭉
클한 가슴으로 감사하게 된다.

새의 암컷과 수컷은 한동안 이끼류나 나무껍질 등을 공수해 와 먼저 인테리어 공사를 한다. 나는 새들의 사생활을 존중해 지금까지 집 안을 들여다본 적이 없지만, 아마도 그 안에 오목한 '침대'를 만들고 알을 낳는 것 같다. 암컷이 알을 품고 있는 동안 수컷은 새집 주변에서 보초를 선다. 우연히 새집 옆 나뭇가지에 앉았다가 딱새 수컷의 즉각적인 공격을 받는 참새 떼도 목격한 적이 있다.

새끼들의 탄생은 관찰 카메라 없이도 금방 알 수 있다. 아침에 일어나 거실 창가 소파에 앉아 커피 한잔을 마시고 있으면, 요란한 지저귐이 규칙적으로 들린다. 암컷과 수컷이 번갈아 가며 둥지로 먹이를 가져올 때마다, 새끼들이 경쟁적으로 짹짹거리기 때문이다. 그리고 어느 날 아침 아무 소리도 들리지 않아 밖에 나가보면, 태어난 새끼 딱새들이 나는 연습을 하고 있다. 암컷은 눈에 안 띄고 수컷이 뿔뿔이 흩어진 새끼들에게 차례로 먹이를 날라 주면서 날개 이용법을 가르치는 모습은 감동적이다. 나는 이 아름다운 자연의 과정을 보기 위해 다시 일 년을 기다려야 한다. 그러나 기꺼이 기다릴 것이다.

자연의 향연이 한창 진행되는 동안, 학소도의 '인간 손님들'에게도 축제를 즐길 차례가 온다. 기온도 서서히 올라, 해가 저물어도 앞뜰에 앉아서 술 한잔 기울이며 담소를 나누기에 적당하다. 키 큰 나무들은 아직 여름의 두꺼운 옷을 입기 전이고, 키 작은 일년초와

다년초 들도 아직은 얼굴만 대지 위로 살짝 내밀 정도이니, 앞뜰과 텃밭에서 여백의 미를 즐길 수 있는 때이기도 하다.

건조한 공기는 그것을 들이마시는 사람의 마음을 가볍게 해준다. 어느덧 먹을 만큼 자란 터앝의 신선한 채소는, 먹는 이의 코와 혀를 즐겁게 해준다. 밤이 늦어 기온이 내려가면, 고기를 굽던 바비큐 통에 마른 가지와 장작을 태운다. 그러면 적당한 열과 화려한 불꽃이 새로운 안주가 된다. 이런 불장난은 겨울엔 너무 추워서, 여름엔 너무 더워서 할 수 없다. 이미 지난해보다 더 많은 열매를 주렁주렁 단 매화나무, 살구나무, 보리수를 보면서, 일 년 이상을 묵힌 매실주, 살구주, 보리수주, 앵두주, 오가피주를 지하실에서 꺼내 와 손님들과 함께 즐긴다.

"이 밀주는 내가 꼬챙이만 한 묘목을 심어 키운 나무에서 딴 열매로 담근 술입니다. 일명 '스마일주'라고 하죠."

자연이 선물한 고마운 술기운에, 일 년 중 잠깐만 즐길 수 있는 봄기운에, 반가운 얼굴들과 마주하며 존재 이유를 확인하는 소중한 시간 속에서 학소도는 기분 좋게 취한다.

여름, 스타와 조연들

녹음이 우거지는 여름의 아침은, 봄과 가을에 맞는 아침과는 또 다른 상쾌함이 있다. 피톤치드가 듬뿍 든 학소도의 아침 공기를 들이마실 때의 기분은 약간 중독성이 있다. 그래서 나도 가끔 이 공기를 예쁜 캔에 담아 인터넷에서 팔고 싶은 욕심이 생긴다. 어디선가 읽은 얘기로는, 어른 나무 한 그루가 하루에 뿜어내는 산소량이 대략 20명의 인간이 매일 소비하는 양과 비슷하다고 하는데, 어린 나무들 빼고 학소도에 사는 성목이 20그루가 넘으니, 계산을 해보면…… 학소도표 아침 공기 판매 사업을 진지하게 검토해 봐야겠다!

장미와 이팝나무의 바통을 이어받아 여름에도 꽃의 향연은 계속된다. 뜨거운 햇살도 아랑곳하지 않고 여름의 스타들은 각자의 꽃자랑에 바쁘다. 그중 하나가 자귀나무인데, 이 녀석은 일단 독특한 잎을 지녔다. 보기에도 시원해 보이는 잎들은, 신기하게 낮에는 옆으로 펴졌다가 밤이 되거나 날씨가 흐려지면 접힌다. 마치 사람이 다섯 손가락을 최대한 폈다가 붙이는 식이다. 잎만 특이한 게 아니라 꽃도 독특하게 생기고 예쁘기도 하다. 어떤 시인은, 좁쌀 같은 꽃망울을 새색시 볼에 비유했고 또 어떤 시인은, 만개한 꽃을 여인의 화장 붓에 비유했던 자귀나무꽃을 보고 있자면, 잠시나마 더위를 잊을 수 있다. 수국, 산수국, 목수국, 능소화, 무궁화, 접시꽃, 해바라기, 배롱나무도 한여름의 스타들이다.

여름은 이들 스타만의 계절이 아니다. 수많은 곤충과 흔히 잡초로 차별받는 푸새의 계절이기도 하다. 지구상에서 매일 수백 종의 생물이 사라져가고 있다는 사실이 우려스럽지만, 학소도에 매년 나타나는 야생초들의 번식력 또한 만만치 않다. 나는 이 초대받지 않은 손님들에게 최대한의 땅을 제공하고 존중한다. 그러나 최소한 내가 다닐 수 있는 길은 확보해야 하지 않을까? 그래서 어쩔 수 없이 자리를 잘못 잡은 운 없는 야생초는 내 손에 제거된다.

한반도는 위아래로 긴 형상을 하고 있어 위도 차가 크다. 그만큼 서식하고 있는 나무와 화초의 수종 또한 풍부하다. 한대, 온대, 난대 등 여러 기후 현상과 다양한 지형으로, 아시아 대륙을 압축해 놓은 것같이 특별한 자연조건을 갖추고 있다는 얘기를 들은 적이 있다. 국립수목원의 발표에 따르면, 한국에는 4,159종의 자생식물과 438종의 특산 식물, 그리고 이보다 더 많은 외래종이 서식한다고 한다. 내가 여름에 학소도에서 제거하는 야생초는 그중 가장 흔한 녀석들이니, 나를 자연 파괴범이라 비난하지는 말기를……

가을, 휴식을 위한 피날레

아름다운 산천 외에도 한국의 소중한 자산은 매년 찾아오는 사계절이 아닐까. 내가 6년을 살았던 미국 캘리포니아의 샌프란시스코 지역은 거의 일 년 내내 우리의 가을 날씨다. 물론 겨울은 조금 서늘하고 우기도 있지만 겨울다운 겨울은 없고, 봄가을도 큰 특색이 없다. 아무도 날씨에 신경 쓰지 않고 달력에서나 계절의 변화를 인

식한다. 내가 이래저래 5년 정도 살았던 독일도 사계절은 있지만, 흐리고 비 오고 우중충한 날이 너무 많다. 가끔 화창한 날씨를 맞을 때면 만나는 사람마다 온통 날씨 얘기다. 모두가 햇볕을 목말라하며 산다.

반면 한국은 사계절이 말 그대로 화끈하다. 겨울에는 겨울답게 춥고 눈도 적당히 내려주고, 여름에는 뜨거운 햇살과 장마가 있으며, 봄과 가을에는 정말 환상적인 날씨가 우리 모두의 마음을 들뜨게 한다. 계절이 바뀔 때마다 우리에게 뭔가 새로움을 선사하고 자극하는 한국의 사계절은 큰 축복이라는 생각이 든다. 동시에 우리 인간이 자초한 지구 온난화로 인해 자연의 질서가 점차 파괴되고 있다는 사실은 정말 가슴 아프다.

학소도의 가을은 국화 세상이다. 봄과 여름에 다른 꽃들이 화려하게 피고 지는 동안 조용히 있다가, 꽃 축제의 피날레를 장식한다. 또한 단풍잎으로 치장한 학소도를 찾아온 손님들과 함께 앞뜰과 뒤뜰에 달린 감을 수확하고 그것을 안주 삼아 축배를 드는 계절이 가을이다. 감나무가 꽃망울을 맺고 작은 열매를 키워가는 과정을 옆에서 지켜본 사람은 손님 중에 아무도 없지만, 풍성한 열매를 양손에 들고 즐거워하는 그들의 모습은 나뿐만 아니라 감나무도 흐뭇하게 생각하리라.

새로운 탄생을 맞이하고 축제를 즐기는 봄이 지나고, 뜨거운 햇살과 거친 비바람이 자연 안의 모든 삶을 자극하는 여름도 떠나면,

가을은 벌거벗은 침묵의 계절 겨울이 오기까지 학소도를 마지막으로 화려하게 장식한다. 탄생과 성장, 그리고 향연은 끝없이 지속될 수 없다. 사이사이 휴식과 침묵이 필요하다. 미국 시인 헨리 벤 다이크가 귀띔한다. "만약 삶이 항상 즐겁기만 하다면 / 우리의 영혼은 안도감을 찾아 / 피곤한 웃음을 뒤로하고 / 고요한 슬픔의 품 안에서 쉬고 싶겠지요."

가을이 어느덧 작별을 고할 때가 되면, 나는 나도 모르게 잠시 숙연한 마음으로 돌아간다. 한 해가 또 이렇게 지나간다는 허탈감, 단순히 계절적인 멜랑콜리의 감정일 수도 있다. 자연과 호흡하고, 자연과 함께 변하고 성장하는 학소도에서, 나 또한 함께 변하고 성장하고 싶은 간절함이 묻어나는 계절이라 그럴지도 모른다. 인간의 삶은 탄생에서 죽음으로 이어지는 가냘픈 실낱 같아 보이지만, 그 안을 현미경으로 들여다보면 주기적인 패턴이 있고 그것이 바로 계절이다. 그리고 그 패턴을 장식하는 자연과 더불어 학소도와 나는, 매년 새롭게 태어나고 성장하며 때가 되면 휴식을 취한다. 반복적으로, 어김없이!

초라하다 한들, 내 집 같은 곳은 어디에도 없다네.
나의 집, 나의 집, 즐거운, 나의 집!
나의 집 같은 곳은 어디에도 없다네.
오, 나의 집 같은 곳은 어디에도 없다네!

- 존 하워드 페인, 〈즐거운 나의 집〉 중에서

■ 1791년 미국 뉴욕에서 태어난 존 하워드 페인은, 자신은 비록 〈즐거운 나의 집〉의 작사가로서 지금까지 기억되지만 한평생 독신으로 유럽과 미국 등지에서 집도 없이 떠돌던 나그네였다. 죽기 일 년 전 그는 한 친구에게 이런 내용의 편지를 보냈다. "세계의 모든 사람들에게 집의 기쁨을 자랑스럽게 노래한 나 자신은 정작 아직껏 내 집을 가져보지 못했다네. 아마 앞으로도 힘들겠지." 결국 그는 말년에 미국 영사로 근무하던 아프리카 튀니지에서 삶을 마감했다.

■■ 영어의 'home'은 한국어로 '집' 또는 '고향'으로 번역할 수 있다. 이 시에서는 집 대신 고향으로 읽혀도 무방한 것 같다.

나에게는
고향이 있습니다

튤립

말 그대로 '어쩌다 보니' 나는 고향으로 돌아와 있었다. 내가 태어나고 어린 시절을 보냈던 이 집. 나의 귀향 뒤에는 거창한 철학도, 그럴싸한 이상주의도 없었다. 철학자 하이데거의 '고향 상실' 개념도, '향수병'에 관한 낭만주의 시인 노발리스의 이론도 알지 못했다. 그렇다고 오랜 시간 간직해 온 꿈을 이루려 귀향한 것도 아니었다. 도시 생활에 지쳐 좋은 직장을, 편안한 삶을 뒤로하고 도피하듯 낙향한 것은 더더욱 아니었다.

지나고 보니, 내가 고향 집이 있는 인왕산 자락으로 돌아온 이유는 극히 단순했다. 내가 알을 까고 날아올랐던 그 둥지로 돌아온 것뿐이다. 부화한 치어가 바다로 나가 성장한 뒤 연어가 되어 다시 원래의 강으로 돌아오듯, 나는 너무나 자연스럽게 학소도로 귀향했다. 고향에 관한 어떤 철학적 이해도, 고향을 노래한 어떤 아름다운 시도 필요로 하지 않았다. 우연과 우연이 이어지고 인연과 인연이 이어지면서, 어쩌면 필연적 귀향이 되어버린 것이다. 그게 벌써 24년 전의 일이다.

고향이 뭐기에, 예나 지금이나 사람들은 시와 음악을 통해 고향을 노래하는 걸까?

밀란 쿤데라의 장편소설 『향수』에는 이런 대사가 나온다.

"모든 시대를 통틀어 가장 위대한 모험가인 율리시스는 가장 위대한 향수병자이기도 했다. (…) 율리시스는 칼립소에게서 진정한 '돌체 비타' 즉 안락한 삶, 기쁨으로 충만한 삶을 얻었다. 그러나 타지에서의 안락한 삶과 집으로의 귀환 사이에서 그는 귀환을 택했다. 미지의 것에 대한 열정적인 탐험(모험) 대신에 그는 익숙한 것에의 예찬(귀환)을 택했다. 무한(왜냐하면 흔히 모험은 결코 끝나지 않는다고 여겨지므로) 대신에 종말(왜냐하면 귀환은 삶의 유한성과의 타협이므로)을 택했다."

나는 영어로 번역된 이 소설을 학소도에 정착한 지 2년쯤 지났을 때 처음 읽었는데, 그때는 인용된 내용을 잘 이해하지 못했다. 그로부터 수년 후 한글 번역본을 읽으면서 비로소 그 의미를 이해할 수 있었다. 그것은 어학적 이해력과는 무관한, 성숙과 성찰의 문제였다. 나는 고향 집으로 돌아와 지내면서도, 고향의 의미를 이해하고 받아들이는 데 그만큼 시간이 필요했다. 내가 왜 화려했던 외국 생활을 접고 귀국을 선택했는지, 왜 처음 실망하고 연민을 느꼈던 고향 집에서 이전에 어디서도 체험하지 못했던 안정감과 행복감을 느끼게 되었는지, 오랜 외국 생활과 수많은 여행길에서 돌아온 나에게 고향의 의미는 무엇인지, 이 모두를 이해하기 위해서는 많은 시간이 필요했던 것이다.

삶에 의미를 부여한다는 것은 매우 중요한 일이다. 진정한 행복을 위해서는 필수적일지도 모른다. 내가 나를 알지 못하면 누구를 알 수 있겠는가? 내가 진정 원하는 게 무엇인지 알지 못하면 누구의 마음을 읽을 수 있겠는가? 내가 왜 사는지 모르면 어떻게 남의 삶을 조금이라도 공유할 수 있겠는가?

노동자가 자기 일에 의미를 부여하지 못하면 보람을 느끼기 힘들다. 학생이 자신에게 주어진 공부에 의미를 부여하지 못하면 능률이 오르지 않고 불만만 쌓인다. 국가 또한 국민에게 국가의 존재 의미를 제시하지 못하면 다양한 해석과 주장으로 혼란에 빠지게 된다. 도시화, 정보화, 세계화 같은 물질적인 의미가 아닌, 국민 개개인의 삶의 본질에 의미를 부여할 수 있어야 한다. 나는 이런 소망을 가져본다. 언젠가 새로 취임하는 대한민국 대통령의 취임사에서 이런 연설을 듣고 싶다.

사랑하는 국민 여러분,

자랑스러운 우리 대한민국 국민은 지금까지 열심히 살아왔습니다. 우리의 부모님, 우리의 할머니, 할아버지 들은 국가와 가정을 위해 최선을 다해 일하셨습니다.

이제 여러분은 잠시 숨을 돌리고 자신을 돌아볼 시간을 가지십시오. 잠시 스마트폰과 컴퓨터의 전원을 끄고, 여러분 각자의 소중한 삶을 돌아보십시오.

여러분 각자가 삶에 가치 있는 의미를 부여하면, 한국은 국제적으로 모범적인 선진국이 될 수 있습니다.

그리고 여러분의 집을 예쁘게, 그리고 행복하게 가꾸어 주십시오. 대한민국의 집 하나하나가 예쁘고 행복하면, 우리나라 전체가 예뻐지고 행복해집니다.

이제는 '1등만 기억하는 더러운 세상'만을 탓할 것이 아니라, 우리 스스로 2등, 3등 심지어 꼴찌여도 만족하며 살아가는 지혜가 필요하다. 내가 1등이 못 되어 다른 사람들이 나를 기억해 주지 않아도, 나는 내 삶을 행복하게 살아가면 그만이다. 남들이 알아주는 비싼 아파트에 살지 못해도, 나와 가족이 편안하고 행복하게 쉴 수 있는 공간을 집에서 만들어 가면 된다. 풍요롭지 못하고 부족한 게 많아도 생명이 살아 있는 한, 삶의 의미는 분명 누구에게나 있다. 우리가 흔히 얘기하는 잡초도 살기 위해, 살아남기 위해 무한한 노력을 기울이고, 미미할지라도 자연 전체에서 자기만의 역할이 있다. 나는 그렇게 믿는다.

세계화와 물질주의 속에서 우리 인간은 이제 정서적인 가치와 자기만의 행복 방식을 끊임없이 모색해야 한다고 나는 생각한다. 자연과 싸우고 파괴하고 지배하려는 노력을 그만두고, 자연과 함께 자연 속에서 내가 왜 사는지에 대한 답을 찾아야 한다. 프랑스 극작가 니콜라 샹포르Nicolas Chamfort는 18세기에 이미 이런 말을 남겼다.

"자연은 나에게 '가난해지지 말라'고 말하지 않았다. 또 '부자가 돼라'고 말하지도 않았다. 자연은 나에게 '독립적으로 살라'고 간청할 뿐이다."

많은 미래학자도 건강한 개인주의에 관한 예언을 내놓고 있다. 빌 할랄 교수는 "이 시대를 사는 사람들은 단순반복적인 육체적, 정신적 노동에서 벗어나 꿈과 이상, 도덕, 철학 같은 정신적 가치를 추구하게 될 것"이라 예언하고, 롤프 옌센은 21세기를 '드림 소사이어티Dream Society'라 명명하면서, 드림 소사이어티는 "한마디로 꿈과 감성이 지배하는 사회"라고 정의 내린다.

학소도가 들려주는 말

학소도는 나에게 매우 특별하고 소중한 집이다. 그러나 이 평범하고 낡은 집이 다른 사람에게 조금이라도 특이하게 비친다면, 그건 이 집이나 나의 탓은 아니다. 수필가 김서령의 말마따나, 만약 사람들에게 그렇게 비친다면 그것은 "우리 시대의 희극이자 비극이다." 새것을 얻기 위해 옛것을 무차별하게 파괴한 뒤, 오래된 집이 홀로 남아 있는 모습이 웃기고 신기하게 느껴진다면, 그 과정에서 우리가 잃은 것들을 망각하고 있다.

아름다운 노래 〈즐거운 나의 집〉을 부르며 '즐거운 우리 집'이 무조건 넓은 평수의 고급 아파트여야 한다고 믿는 사람에게는, 그런 망각도 충분히 가능할 것 같다.

한국학자 김열규는 말한다. "무엇보다 우리들은 고향을 잃었다. 안방도 잃었다. 아파트 안에서 더러 안방이란 말을 쓰기도 하지만 그것은 돌이킬 수 없는 추억에 부친 가명假名일 뿐이다. 그것은 아파트가 우리 집 아닌 우리 집인 것과 같다." 고향의 의미에 대해 전광식 교수는 이런 말을 덧붙인다. "고향은 단순히 지리적인 공간이 아니라 인간의 '제자리'이고, 따라서 고향에의 동경과 회귀는 인간의 '원초적 갈망'인 것이다. 그리고 고향에로의 이런 갈망은 그의 의식이 건강하고 정상적임을 보여준다."

나는 고향으로 돌아왔으니, 의식이 비교적 건강하고 정상적이라

DALL · E2 generated

는 진단을 받은 건가? 그럼, 다행이다. 그러나 나는 알 수 없다. 얼마나 더 고향에 남아 있게 될지. 미래 언젠가 학소도 주변에 재개발 계획이 세워져 이곳을 떠나야 할지도 모른다. 도시에 살던 수많은 사람이 그랬던 것처럼, 나도 그렇게 고향을 잃게 될지도 모르겠다. 꿈을 버리기는 쉽지만, 꿈을 간직하고 고집하기는 쉽지 않다. 특히 불도저 같은 현실 앞에서는, 아무리 의지에 찬 꿈도 쉽게 파괴되고 땅에 묻힐 수 있다.

"단지 내가 심은 자작나무가 50년 후에 어떻게 될지 보고 싶어 50년이 훌쩍 지나가기를 바란다"라고 한 차페크의 표현은 농담 같지만 진심이다. 나는 안다. 나도 가끔 학소도 뜰에 묘목을 심고 나서, 이 어린나무가 50년 뒤 어떤 모습을 하고 있을지 상상해 본다. 내가 그때까지 살아 있다면, 멋진 어른 나무의 모습을 볼 수도 있겠지. 그러나 설령 내가 살아 있다고 해도, 나무는 그 자리에 더 이상 없을 수도 있다. 그 자리를 자신의 키보다 더 높이, 더 빠르게 올라가는 신축 건물에 양보해야 할지도 모르기 때문이다.

24년 전 어느 겨울날 내가 귀향했을 때, 집은 늙어 있었지만 나는 젊었다. 낡은 벽지를 떼어내고 페인트를 칠했다. 전선을 다시 연결하고 새 등도 달았다. 깨진 유리창을 갈고 현관문에 자물쇠도 설치했다. 그리고 즐겁게 나무를 심었다. 손가락 굵기의 묘목을 구해와 한 그루, 한 그루 정성껏 앞뜰과 뒤뜰에 심었다. 이전엔 몰랐던 흙을 알게 되고 친해지면서 채소와 꽃도 심었다. 상추와 고추와 방울토마토를 먹으며 건강에 감사하고, 튤립, 무스카리, 백합, 동자꽃, 해바라기, 할미꽃을 감상하며 자연의 아름다움에 감탄한다. 허브들과 야생초들도 어느덧 한 가족이 되어 고향 집을 더욱 풍요롭게 해준다. 해마다 반복되는 그러나 항상 새로운 계절의 변화가 학소도를, 내 삶을 언제나 새롭게 색칠해 준다. 인왕산 자락의 한 낡은 집을 찾아오는 손님들은 활기와 웃음을 가져다주고 추억을 가지고 간다. 매일 아침 내가 살아 있음을 제일 먼저 확인해 주고, 늦은 밤에 귀가하는 나를 뛰어와 맞이해 주던 충견 인왕이, 말썽꾸러기 진돗개 삼총사와 독일셰퍼드 보너는 이제 내 곁에 없지만, 그 친구들에 대한 아름다운 추억은 고스란히 학소도에 남아있다.

대학 강의실에서, 지구촌 여행길에서, 또 내가 이제껏 만난 사람들에게서 배우지 못한 많은 것을 고향은 나에게 가르쳐주었다. 세계적 대도시 서울 도심에 있는 작은 섬, 학소도를 나에게 선물해 주었다. 이곳에서 자연을 소개해 주었고, 나는 자연을 통해 정직한 사랑을 배우고 있다. 농부의 이마에 흐르는 땀방울의 의미를 조금이나마 이해하게 되었고, 육체노동의 소중함도 깨달았다. 고향 집은 또한 내가 나의 과거와 대화할 수 있는 장을 마련해주었다. 과거의 내가 있었기에 오늘의 내가 있을 수 있다는 자명함을, 귀향한 나에게 직접 확인시켜 주었다.

그리고 무엇보다도 학소도는, 부모님이 미처 다 하지 못한 이야기들을 지금도 내게 들려주고 있다.

에필로그

익숙함라 새로움

이 책은 2010년에 출간되고 2020년에 절판된 『여행자의 옛집』
(마음산책, '2011 우수문학도서 선정')의 개정증보판이다.

내가 최초의 원고를 쓴 시점이 2010년 여름이었는데, 그로부터
13년이란 시간이 지나고 재출간을 위해 원고를 다시 읽어보니 의
외로 수정•보완할 내용이 그리 많지 않았다. 13년은 결코 짧은 시
간이 아님에도 불구하고 학소도에 대한 옛 기억들, 고향 집을 향한
나의 감정, 그리고 그 안에서의 생활방식이 거의 변하지 않았다는
사실에 사뭇 놀랐다. 그런 놀라움 한편에는, 내 삶이 어쨌든 일관성
을 잃지 않고 지속되었다는 안도감도 자리했다. 물론 진돗개 친구
들과 보너는 떠났지만, 자연스러우리만큼 그 자리를 처음 보는 길
고양이들이 나타나 채워주었다. 나무들은 더 크게 성장해 풍성한
열매를 맺고, 매년 텃밭에 심고 수확하는 채소들은 20년 전이나 지
금이나 크게 변한 게 없다. 손님들도 여전히 학소도를 찾아와 웃고
대화하고 떠난다. 물론 그간 적지 않은 이별도, 크고 작은 개인적
변화도 있었지만, 학소도에서의 근본적인 삶의 틀은 변한 게 거의
없다. 매년 봄이 찾아오면, 같은 나무에서 피어나는 새로운 꽃을 흥
분된 마음으로 다가가 마주하고, 여름이 오면 장맛비와 매미 소리
에 다시 익숙해지고, 물들어 가는 가을 단풍을 보며 한숨짓고, 아침
에 눈을 뜨면서 차가워진 공기로 겨울이 다가오고 있음을 감지하는
사계의 반복을 여전히 체험한다. 그리고 그 안에서 끊임없이 새로

움을 발견하는 기쁨을 누린다.

과연 내가 사는 집에 관한 이야기들을 글로 옮긴다는 게 의미가 있을까, 망설임과 두려움이 적지 않았다. 그런 고민을 뒤로 하고 13년 전 원고가 책으로 세상에 나오면서, 기대 이상의 많은 독자 그리고 주변 지인들과 나의 사적인 경험을 공유하게 되었다. 그런데 신기하게도 그 과정에서, 학소도라는 공간이 더 풍요로워지고 더 많은 활기를 띠게 되었다.

용기를 내어 다시 한번 이 글을 세상으로 내보낸다. 13년 전, 한 줄 한 줄 이야기를 써 내려갈 때의 심정으로 원고를 다시 읽고 필요에 따라 일부는 수정하고 보완했다. 책에 수록된 사진은 대부분 새로 교체되고 편집되었다. 달리 표기되어 있지 않는 한 모두 내가 직접 찍은 사진들이다.

끝으로, 부디 단 한 명의 독자라도 이 책을 읽은 뒤, 집이란 공간을 그리고 자연을 새로운 눈으로 바라보는 데 도움이 됐으면 하는 바람이다.

인왕산 학소도에서
2023년 여름 최범석

〈이 책에 인용한 도서〉

『실론 섬 앞에서 부르는 노래』 파블로 네루다, 고혜선 옮김, 문학과지성사, 2000

『나무들』 헤르만 헤세, 송지연 옮김, 민음사, 2000

『루쉰 소설 전집』 루쉰, 김시준 옮김, 을유문화사, 2008

『불안』 알랭 드 보통, 정영목 옮김, 이레, 2005

『Trees & Other Poems: Candles That Burn』 Joyce •Aline M. Kilmer, Cherokee Publishing Co., 1994

『The Poetry of Robert Frost: The Collected Poems, Complete and Unabridged』, Robert Frost, Henry Holt & Company, 1969

『몰입, 미치도록 행복한 나를 만난다』 미하이 칙센트미하이, 최인수 옮김, 한울림, 2004

『욕망의 식물학』 마이클 폴란, 이창신 옮김, 서울문화사, 2002

『야생거위와 보낸 일 년』 콘라트 로렌츠, 유영미 옮김, 최재천 감수, 한문화, 2004

『정원을 말하다』 로버트 포그 해리슨, 조경진/황주영/김정은 옮김, 나무도시, 2012

『나를 돌려다오』 이용휴•이가환, 안대희 옮김, 태학사, 2003

『개를 살까 결혼을 할까』 파울라 페레스 알론소, 유해경 옮김, 창작시대, 1999

『시와 그림을 통해서 본 개와 인간의 문화사』 헬무트 브라케르트•코라 판 클레펜스, 최상안•김정희 옮김, 백의, 2002

『원예가의 열두 달』 카렐 차페크, 홍유선 옮김, 맑은소리, 2002

『기적의 사과』 기무라 아키노리, 이시카와 다쿠지, 이영미 역, 김영사 | 2009

『향수』 밀란 쿤데라, 박성창 옮김, 민음사, 2000

『고향 가는 길』 김열규, 좋은날, 2001

『고향』 전광식, 문학과지성사, 1999